めぐよんだ

三毛猫ホームズの四捨五入

赤川次郎

角川文庫 15746

JN282682

三毛猫ホームズの四捨五入　目次

プロローグ

「ねえねえ、先生！」

甘ったれた声が廊下をやって来る。

「猫じゃないだろ。ニャアニャア鳴くな」

と、竜野康夫《たつのやすお》は言ってやった。

「『ニャアニャア』なんて言ってないよ。『ねえねえ』って言ったんだよ」

と、また口を尖《とが》らしてすねた言い方をする。

竜野は、こういうベタベタと甘えた言い方が、どうしても好きになれない。

別に、好きにならなきゃいけないというわけでもないが、他の教師はみんな諦《あきら》めて注意もしないのに、竜野はつい、文句をつけたくなるのだった。

「『ねえねえ』だって同じだ。もう小さい子供じゃないんだぞ」

「はあい」

と、賀川涼子《かがわりょうこ》は間《ま》のびした返事をする。

「『はあい』じゃなくて、『はい』と言え」

「はい……。うるさいんだから、先生」

「それが商売だ」

口やかましく言ってやるのは、賀川涼子がどこか憎めない面白い子だからで、実際、クラスでも豊かな個性を感じさせる子がいなくなった昨今、こういう子は貴重だった。

「で、何の用だ」

と、竜野は言った。「休み時間が終っちまうぞ」

「先生、すぐ怒るんだもん」

と、口調同様、しゃべりながら、体の方も細かく揺れたり腰をひねったりするのがくせである。

「言ってみろ」

「昨日、返してくれたでしょ、テスト」

「ああ」

「私、34点で〈C〉だったのに、清美《きよみ》、35点で〈B〉だったのよ。一点しか違わないのに、どうして私が〈C〉で清美が〈B〉なの？　先生、清美の方が可愛いから、ひいきしてんでしょ！」

決めつける言い方が何となくユーモラスで、竜野は腹を立てる気もしなかった。

「そんなことない」

「だってえ……。私、美人じゃないし……」

「そんなこと関係ないだろ。まだ十五歳だぞ、お前たち」

「さっき、『もう小さい子供じゃない』って言った」

あげ足を取るのは得意である。

「いいか。お前は34点、伊東《いとう》は35点。〈四捨五入〉で〈B〉と〈C〉に分れたんだ。分ったか」

賀川涼子が、まるで耳慣れない単語を聞いた、という顔で、

「〈シシャゴニュー〉？　死んだ人がどうかするの？」

「死んだ人……」

竜野は呆《あき》れて、「『死者』って――死人のことじゃない！　四と五のことで……。いくら何でも算数でやっただろ！　〈四捨五入〉くらい！」

涼子は首をかしげて、

「そういえば……聞いたこと、あるかもしれない」

「呆れた奴だな。もう一度、小学校のときの教科書でも引張り出して、読み直してみろ」

「捨てちゃった、そんなもん」

いつも体をクネクネさせているのはくせだが、変に色っぽく見えることもある。そうい

う意味では、十五歳、中学三年生の女の子たちは、個人差が大きい。

「じゃ、間違いじゃないんだ」

「ああ、それでいいんだ。分ったらクラスへ戻れ。次の授業が始まるぞ」

と、竜野が言ったとたん、チャイムが鳴って、

「ヤバイ！　じゃあね、先生！」

「おい、走るな！」

と言ったときには、もう涼子は廊下をバタバタと駆けて行っていた。

「全く……」

竜野が職員室へ入って行くと、

「竜野先生。次、授業ですか？」

と、声をかけられた。

中学部長の萩野《はぎの》啓子《けいこ》である。きりっとしたスーツ姿で、一見、どこかの大企業の女性重役。

「いえ、次は空いてます」

「じゃ、ちょっと部長室へ」

何だろう？　ともかく、中学部長の表情から見て、文句を言われるわけではないようだ。

「——かけて下さい」

萩野啓子は、部長室の古くなったソファをすすめ、自分は机の上にあった封筒を持って来ると、「実は、編入して来る子がいるんです。三年生で十五歳ですが」

「三年で。珍しいですね」

普通、三年生にもなれば、編入よりも高校での受験をすすめる。もちろん、一旦《いったん》編入してしまえば、そこは私立で、ほとんどの子は同じN女子学園の高等部へ上ることができる。

「理事長さんの知人ということのようですよ」

と、萩野啓子は言って、「詳しいことは聞いていません。聞かない方がやりやすいということもあるでしょう」

少し素気ない言い方で、内心、あまり面白くないのだと分る。何かよほど強いコネがなければ、三年生の途中での編入は無理だ。

「それで、申しわけないんですが、今三年生のクラスで一番人数少ないのが、竜野先生のC組です。この編入生を引き受けて下さいな」

「分りました」

拒む理由もない。竜野は封筒を受け取ると、

「いつから登校して来ます？」

「今日、挨拶《あいさつ》に来ることになっています。放課後、五時ごろということですが、私は会合があって、いられません。竜野先生は？」

「僕は……大丈夫だと思います」

「じゃ、ちょっと話をしてあげて下さい」

「分りました。ええと……」

と、封筒の中から書類を取り出す。「生徒の名前は……〈棚原弥生《たなはらやよい》〉ですか。古風な名だな」

「よろしく」

と言って、萩野啓子は立ち上った。

「部長先生」

と、竜野は言った。「演劇部の部室のことですが……。前にお願いした。どうなってるでしょうか」

萩野啓子は、複雑な表情で竜野を見た。

「竜野先生。――『部長先生』なんて呼び方、やめて下さい」

「いや、しかし……」

「一緒に教えてた仲じゃありませんか」

萩野啓子は、竜野と同じ四十四歳である。

「もちろん、分っていますが……。でも、部長は部長で――」

「萩野と呼んで下さい。お願い」

竜野は、この有能な女教師の、意外な寂しさを覗《のぞ》いた気がした。

「分りました、萩野先生」

「ありがとう」

と、微笑んで、「演劇部の部室のことですけど、高等部の建て直しと絡んで、予算が付けにくいんです。もう少し待って下さい」

「無理を言ってすみません。そろそろ、秋の文化祭の演目も決めなくてはならないので。部室のことが、ずっと引っかかっているものですから」

「ええ、できるだけのことはします」

その言葉は信頼できるものだった。

「よろしく」

竜野は、新しい編入生の資料が入った封筒を手に、一礼して部長室を出た……。

「竜野先生、お客様です」

と、事務室の女性に声をかけられたとき、竜野は、五時に挨拶に来る編入生のことなど、すっかり忘れていた。

「今忙しいんだ。誰？」

多分に苛々《いらいら》していたのは、四月の新学期から全く登校して来ない子について、他の教師と多少やり合ったりしたからで、そのおかげで、片付けなければ帰れない仕事がまだ山のように残っていたのである。

「生徒さんです。今日、竜野先生の所へ来るように言われたそうで」

竜野は顔を上げ、

「もしかして――編入生？」

「そうです」

「分った。行きます」

竜野は、忘れていながら、「忙しい」などと文句を言った自分をいささか恥じて、立ち上った。

「応接室が使用中なんで、A組の教室に入ってもらってます」

「ありがとう」

竜野は、資料の入った封筒を手に、職員室を出た。

――五時ともなると、ほとんどの生徒は帰ってしまっている。わずかに、クラブ活動で遅くなった子が、時折何人かずつ固まって帰って行く。

竜野は、廊下を急いで、A組の教室のドアを開けた。

「待たせたね」

と、竜野は言った。

日が落ちかけて、教室はやや薄暗くなっていた。

グラウンドに面した窓辺に、少女が一人、立っていた。表を眺めていて、竜野の目には、斜め後ろからの姿が見えただけだ。

「棚原君だね」

と、声をかける。

当然、親が一緒に来ていると思っていたので、竜野はやや戸惑った。

少女が振り向いた。

窓からの光が、少女の顔を浮き立たせる。少女が、竜野を見た。

その瞬間、二十年の時間が消え去った。

竜野は、自分が見えない渦巻にでも引きずり込まれていくように感じた。

これは何だ？　こんなことが――こんな馬鹿なことが――。

少女がじっと竜野を見据えている。その視線は、二十年の過去から、竜野へと届いているのだった。

竜野は、めまいを覚えて、よろけた。単にそんな感じがするだけかと思ったが、そうではなかった。

肩が、傍の壁にぶつかると、そのままズルズルとしゃがみ込んでしまう。

――やめてくれ！　僕は――僕は――。

「大丈夫ですか？」

と、彼女が言った。

心配している様子で、急いで竜野へと駆け寄ってくる。当然と言えば当然だ。

教師が、入ってくるなり目を回して倒れてしまったら、びっくりしてしまうだろう。

「あの……先生、誰か呼びましょうか？」

この声……。この声も、二十年昔の中から聞こえてくる。

「君は……君は、誰なんだ？」

喘《あえ》ぐように、竜野は言った。

「編入生です。棚原弥生です」

はきはきとした声。

棚原？――編入生。

そうだ。もちろんそうだ。そのためにここへ来ているのだ。

しっかりしろ！

何とか呼吸を整えて、立ち上る。

「あの……発作か何かですか？」

と、訊《き》かれて竜野はゆっくりと首を振った。

「いや……。大丈夫。――大丈夫だ」

この少女が……。いや、違う。彼女ではない。当り前のことだが。

こうして目の前にすると、別人だということは分る。しかし、さっき窓のそばに立っていた彼女は……。

確かに、似たところがある。光の当り具合で、その似たところが強調されたのだろう。

「すまないね。びっくりしたろう」

と、竜野は息をついた。

しっかりしろ！　自分へ言い聞かせて、深呼吸すると、

「君は……棚原弥生君だね」

「はい」

「僕は三年C組の担任で、竜野というんだ。『竜《りゅう》』と、『野原』の『野』。君はC組に入ってもらうことになるから、よろしく頼む」

「あ、こちらこそ。よろしくお願いします」

きちんと頭を下げる。今どき珍しく、こういうしつけをされている子だ。

「十五歳？」

「はい」

そう長身ではないが、もう背は伸び切ってしまったのか、この年代特有のアンバランスなところがない。それも、落ちついた印象を与えているようだ。

真直ぐに相手を見る黒い眼が、少女のものとは思えないほど、奥深いものを感じさせた。

「今日は一人で来たのか。親ごさんは？」

答えは意外なものだった。

「いません。——亡くなりました、二人とも」

「二人とも？」

「母は五年前に。父は今年……」

「そうか。知らなかった」

手もとの資料にチラッと目をやると、少女は目ざとく気付いて、

「父のことは、たぶん書いていないと思います」

と言った。

「——そうか」

竜野は、少女の口調に、何か特別なものを感じて、あえてそれ以上訊かなかった。やがて分ることだ。

「じゃ、今は誰の所にいるんだ？」

「弓削《ゆげ》さんの所です」

「弓削——。理事長の？」

「はい」

それなら、三年生の途中で編入して来たのもふしぎではない。弓削春夫《はるお》はこのN女子学園の理事長だ。

理事長とどういう関係があるのか、訊いてみたかったが、それは、一担任の知らなくていいことかもしれない。

「――C組は、この並びだ」

と、竜野は言った。「明日から、登校して来られるな？」

「はい」

しっかりと肯《うなず》いて答える。

「よし。じゃ、一旦《いったん》職員室へ来い。僕がクラスへ連れて行って紹介する」

「よろしくお願いします」

「制服はブレザー。購買部へ行って、サイズを採ってもらい、作ってもらいなさい。一週間もあればできる」

「はい」

「ま、そんなことは事務の子が教えてくれる」

竜野は、やっといつもの落ちつきを取り戻した。「もう帰っていいよ」

と、ドアを開けようとすると、

「先生、ちょっと――」

振り向くと、棚原弥生がハンカチを出して、

「汗、出てます」

と、竜野の額や首筋の汗を軽く押えるようにして拭《ぬぐ》った。

竜野はドキッとした。その手つき、少し伸び上って汗を拭《ふ》く優しい表情に、ハッと胸ときめかせるものがあったのである。

「——ありがとう」

「いえ……。すみません。出すぎたことして」

竜野はドアを開け、棚原弥生を先に出した。

「出口、分るな」

「はい。失礼します」

「さよなら」

と、竜野が肯いて、職員室へ戻りかけると、

「——また明日!」

明るい声が飛んで来て、竜野の足を止めさせた。

振り向いた竜野の目に、スカートを翻し、明るく笑って駆けて行く少女の後ろ姿が映った。


「何だ?」

竜野の胸は、しめつけられるように痛んだ。
少女が視界から消えるまで、竜野は目を離すことができなかった。
——遠い記憶が、また竜野の心をかき乱していた……。

1　不運

「不運と思って諦《あきら》めなさいよ」

と、片山晴美《かたやまはるみ》が言った。

「ニャー」

「お前まで何だ！　人のことだと思って」

むくれているのは、晴美の兄、片山義太郎《よしたろう》である。もちろん、「ニャー」と言ったのは片山ではない。

「ホームズだって女ですもの。お見合とか結婚の話は大好きよね」

グルグル……。ホームズが、晴美の指で喉《のど》を撫《な》でられて、気持良さそうに目をつぶり、喉を鳴らしている。

「俺が見合させてくれと頼んだんじゃないぞ。分ってるのか？」

片山の運転する車は、渋滞の中をノロノロと進んでいた。――二月の末、まだ外は厳しい寒さである。

「時間、大丈夫？」

と、晴美が後ろの席で言った。

「早めに出て来たからな。いくら混んでても、ホテルNまであと二十分もありゃ着くさ」

片山が、大欠伸《おおあくび》しながら言った。

「居眠り運転しないでね！　刑事が居眠り運転で事故なんか起したら、ジョークにもならない」

「三日間で合計七時間しか寝てないんだ」

と、片山が言い返すと、

「僕なんか、三日間で合計二十七時間寝てます！」

と、妙な自慢をしたのは、助手席の石津《いしづ》刑事。

「お前は寝過ぎだ」

「ええ。そのせいか、どうも頭がボーッとしてまして」

「いつものことだろ」

「お兄さんの言うことなんか、気にしないのよ」

と、晴美が言った。「これでも、お見合を前に緊張してるのを知られたくなくて、八つ当りしてるのよ」

「誰も八つ当りなんかしてないだろ！　こんなにおとなしい八つ当りがあるもんか」

片山は、少し車が進んで、また赤信号で停ると、そこは刑事で、無理をするのはやめた。

「石津、代ってくれ。急に眠くなって来た」

「はい」

二人は、車を左右へ降りると、素早く入れ替った。

「――全く！　叔母《おば》さんの物好きにも困ったもんだ」

と、片山は言って、助手席に落ちつくと、リクライニングを倒して、目を閉じた。

「ま、確かに、叔母さんも叔母さんだけど、あれが生きがいなんだから」

――多少でもこの片山兄妹《きょうだい》と三毛猫ホームズの冒険物語をご存知の方なら、当然おなじみだろう。片山たちの叔母、児島光枝《こじまみつえ》。

やっと殺人事件の犯人が逮捕されて一息ついたばかりの片山を強引に呼び出したのは、やはり児島光枝だったのである。

「ま、一生のことだものね、結婚は」

と、晴美は続けて、「今日、もしかしたら生涯の伴侶《はんりょ》となる人に巡り会うかもしれないわよ」

「生涯の伴侶！　すてきな言葉ですね！」

と感激しているのは石津の方。「僕はもう巡り会っているんですね！」

勝手に晴美に熱を上げている石津刑事である。

で、肝心の片山はというと――。

ガーッ。ゴーッ。

たちまちの内にいびきをかきながら眠ってしまっていたのだった……。

「ホテルに着くまで寝かしときましょ」

と、晴美は言った。「こういう仮眠は疲れが取れるし」

「はい」

石津は、あえて急がないことにして、のんびりとした流れの中で車をゆっくりと進めて行った。

晴美は、ふと車の左隣へ目をやった。同じ方向への隣り車線。左ハンドルの外国車が、ちょうど晴美たちの車と並んでいた。

助手席が右側にあるので、晴美から、その窓に覗《のぞ》いている少女の横顔がよく見えた。

中学生か、せいぜい高校一年生くらいだろう。顔だちはむしろ幼いくらいだが、その横顔には大人のような憂いが漂っていた。

大きな黒い瞳《ひとみ》に、くっきりと自分の意志を持っていることが感じられたが、晴美の目には、その奥にどこか諦めのような哀しみの色が覗いているように感じられた。

――その少女が、ふっと晴美の方を見た。

同時に、晴美の膝《ひざ》にのったホームズが前肢《まえあし》を窓にかけて顔を出したので、少女の目がちょっとびっくりしたように見開かれ、それから楽しげな笑みが浮かんだ。

ホームズに向って手を振ったりしている愉《たの》しそうな笑顔は、やはり少女そのものである。車を運転している男性の方は、晴美の目にはチラリとしか見えなかったが、たぶん少女の父親らしいと思えた。

少し二台の車が前進し、また並んで停ったのだが、今度はほんの一メートルほど隣の車が前へ出ていた。

晴美は、その少女がこっちの車を見て、吹き出すように笑っているのを目にして、ふと不安になった。

もしかして……。

身をのり出して、助手席の兄の顔を覗いてみると、ポカンと口を盛大に開け、頭を左側の窓の方へと傾けて——ということは、外から、もろに寝顔が見えるわけで、吹き出されても文句は言えないという「熟睡」の顔がそこにはあったのである。

「——もう、みっともない!」

と、文句は言ったものの、隣の少女は喜んでいるようだし、当人は何も知らないわけだし、まあいいか、と晴美は思い直したのだった。

——信号が青になって、隣の車が先に進んで行き、少女の顔は見えなくなった。

もちろん、もう二度と同じ顔を見ることはないだろうと晴美は思っていたのだが……。

「ウォー……」

晴美は大欠伸している片山の脇腹をつついた。

「お兄さん！」

「うん、大丈夫。車の中で寝て、あんなにいい気分だったのは初めてだ」

事実、片山の表情は大分さっぱりしていた。

ほぼ約束の時間通り、片山たちはホテルNのロビーに来ていた。

「本当にここでいいのか？」

と、片山が言った。

「うん。お見合はこの下のレストランなんだけどね、一応このロビーで待ち合せってことだったわよ」

と、晴美は肯《うなず》いた。

「それで……相手の名前は？」

「待ってよ。──私のお見合じゃないんだから」

晴美はバッグから児島光枝のくれたメモを取り出した。「ええと、名前は〈棚原薫《かおる》〉」

「ふん。それで？」

「それだけ」

「それだけ、って……。年齢は？　職業とか学歴とか──」

「何も書いてないの。名前だけ。――いえ、叔母さんがひと言書いてるわ」

「何だって？」

「〈会えば分るから大丈夫〉ですって」

「無責任な人だな、全く！」

と、片山は呆《あき》れて言った。「写真もないのか？　人違いしても分らないじゃないか」

「大丈夫よ。こっちが猫連れっていうのが珍しいから向うが間違えやしないわよ」

晴美の言い分ももっともだった。

そこへ、

「片山晴美様。――片山晴美様」

と、ベルボーイが呼んでいるのが耳に入り、

「何かしら？――はい！」

と、まるで小学生みたいに元気な返事をして、晴美は立って行った。

「お電話が入っております」

「どうも」

フロントへと急ぎ、受話器を取る。「――もしもし」

「あ、晴美ちゃん？」

もちろん、児島光枝の声である。

「叔母さん、どうしたの？」

「来てくれたのね、ちゃんと？」

「もちろん。お兄さんも、しっかり引張って来てるわよ。遅れそうなの？」

「そ、そうなのよ……。ごめんなさい。ちょっとね、あれが何して ね」

「は？」

「大したことじゃないんだけど……。でも、相手の方が待っておられるといけないから……」

「そうね。じゃ、私たちで先にレストランの方へ行くわ」

「あ、そう……。そうね。そうしてちょうだい」

いつも威勢のいい叔母にしては、いやに歯切れが悪い。

「どれくらいで来られそう？」

「そうね……。できるだけ早く行くわ」

「じゃ、ともかく勝手にお見合進めてるから。叔母さんの出番がなくなるわよ、早く来ないと」

と、晴美が笑って、「じゃ、後でね」

と切ろうとすると、

「晴美ちゃん！」

と、突然光枝が大声を出した。

「どうしたの？」

「私はね、いつも義太郎ちゃんと晴美ちゃんの幸せだけを願って来たの。信じてね」

「ええ、よく分ってる」

「愛してるわ、晴美ちゃん！」

と言って、光枝は電話を切ってしまった。

晴美は首をかしげて、

「忙し過ぎて、どうかしちゃったのかしらね」

と、呟《つぶや》いたが……。

何だかいやな予感がした。胸さわぎ、とでも言うか。

しかし、ともかく今は、お見合の場所へ行くしかない。

片山たちの所へ戻って、先にお店の方へ、ということになったから、と報告する。

片山たちはエスカレーターでロビーから一階下りると、お見合用に個室を借りてあるはずのレストランへ入って行った。

「――児島光枝の名で予約が入ってると思うんですけど」

と言いながら、晴美は、もしかしたら光枝が予約を入れ忘れたのかしら、と思った。しかし、

「承っております」

と、すぐに分って、「こちらでございます」

と案内してくれる。

「あの、誰か……」

「はい、お待ち合せの方はもうおみえでございます」

相手が先に来ているのか。上で待っていなくて良かった。

ドアをノックして、

「おみえでございます」

「——遅くなりまして」

と、晴美が先に入って、「叔母《おば》が遅れるようで、先にご挨拶《あいさつ》させていただきます。私、片山晴美と申しまして、義太郎の妹です。こちらは友人の石津さん。それにホームズといいまして我が家の一員で——」

「あ、さっきの猫！」

その声に、晴美は初めて相手をはっきり見た。

「あら、隣の車に……」

あの、窓からホームズに手を振っていた少女である。

「その猫、ホームズっていうんですか」

「ええ。――で、私どもはこの四人なんですけど……」

何となく、戸惑いが沈黙になった。

片山たちを待っていたのは、あの少女と、四十前後の男性の二人。

だが――片山の見合相手らしい女性は見当らないのである。

「ともかく……座りましょ」

晴美が気を取り直して言った。「じき、戻られる?」

「あの――」

と、少女が言った。「他にも誰かいらっしゃるんですか?」

「いいえ。でも……あなた方は……」

「失礼しました」

と、その男性が言った。「棚原です。これは娘の弥生といいます」

「はあ……。でも――薫さんは、おいでては?」

父と娘が顔を見合せる。

「――ええと、私が棚原薫なんですが」

と、父親が言った。

「え?」

晴美が目を丸くして、「薫さん……。あなたが?」

確かに、「薫」というのは男女どちらにもある名前だが——。

「それじゃ……あなたが僕の見合相手なんですか」

と、片山が言った。

やっと分った。——児島光枝は、「薫」というのを、てっきり女性と思い込んで、お見合をセットしたのだ。

しかし、本当のことが分って、ここへ来られなくなってしまった。当然だ。

「——またやったな！」

と、片山が言った。「叔母さんと来たら！」

「お父さんのこと、女の人だと思ったんだ！」

と、弥生が言って、それから笑い出した。

正に、若い女の子だけの、弾《はじ》けるような笑いだ。笑い転げている弥生を見ている内に、みんな笑い出してしまう。

「——こりゃ困ったな。どうしますかね」

と、棚原薫は言った。

「ご一緒に食事だけでも。レストランに申しわけありませんもの」

と、晴美も何とか笑いをこらえて、「それに、とてもお腹を空《す》かしている者もおりますので」

「私も空いた！」

と、弥生が涙を拭《ふ》きながら、「――笑い過ぎて涙が出ちゃった」

「じゃ、弥生はどうだ。片山さんにもらっていただくか」

「え？　いやだ！」

即座に拒まれ、片山は引きつったような笑いを浮べて、

「そりゃあね。年齢が離れすぎてるしね」

「いいえ。私、生涯独身を通すんです」

「まあ、どうして？」

「結婚だけが女の幸福じゃないと思いますから」

「おい、中学生の言うことか？」

と、棚原が苦笑いして、「さ、それじゃ食事にしてもらおう」

みんな、ホッとした気分で、席についたのである。

食事を終えてみんながレストランを出たのは、二時間近くたってからだった。

「色々とご迷惑をおかけして」

と、晴美が詫《わ》びる。

むろん、児島光枝は姿を見せなかったのである。

「いやいや、私の方こそ」

と、棚原薫が愛想良く、「こちらも、『片山さん』という名前しか知らずに、やって来てしまったのが、うかつだったんです」

「叔母が、きっと今ごろクシャミしてますわ」

と、晴美は微笑んだ。

いや、二時間に及ぶ食事の間中、話題は専ら「トラブルメーカー」としての児島光枝の話に集中していたので、きっと光枝は二時間、クシャミしっ放しだったろう。

「でも、面白い猫と知り合いになれた」

と、弥生がホームズを抱っこしている。

「ペットを欲しがってたからな」

と、棚原が言った。「亡くなった妻が、動物を飼うことを嫌っていたものですからね」

会食の間、もちろん光枝の話だけしかしなかったわけではなく、棚原が五年前に妻を亡くしたことと、その後、一人っ子の弥生が、主婦代りをつとめて来て、口のきき方などが、すっかり大人びてしまったことなども、片山たちは知った。

片山も、相手が中学二年生では、そう緊張する必要もなく、のんびり食事をした。

「見合」するとなれば、この場合は、棚原と晴美だろう。――実際、棚原の方は晴美に心ひかれていないわけでもない様子だったのだが、肝心の石津は食べる方に熱中していて、それどころではなかった。

「――いや、片山さん、あの棚原ってのは、いい人ですね」

などと、レストランを出てから言っているくらいで、いかに鈍い片山にしても、少々呆《あき》れたくらいだった。

「はい、もう下ろそうね」

と、弥生がホームズをカーペットに下ろした。

ホームズは、レストラン前の小さなスペースをトコトコと歩いて行って、ソファの上に飛び上り、丸くなってしまった。

「いやだ。ホームズ、呑気《のんき》に寝てないでよ。帰るわよ、もう」

と、晴美が声をかける。

「ね、石津さんも刑事さんなのね」

と、急に弥生から話しかけられて、石津はやや焦り、

「そ、そうです」

「凶悪犯相手に取っ組み合いとかやるの?」

「まあ……そう年中あるわけじゃないけどね。それに暴れるときは向うも必死だ。そう格好良くやっちゃいられないよ」

「でも、見てみたいな、そんな場面」

と、しっかりしているとはいえ、弥生も中学生らしいことを言っている。

晴美とホームズ、石津と弥生、そして片山と棚原。――二人ずつが、何となくロビーで少しずつ離れているという状態になった。

「――刑事さんというお仕事、神経をすり減らすんでしょうね」

と、棚原が言った。

「まあ、毎日のことですから。そう神経をピリピリさせていちゃ、もちませんね」

と、片山は言った。「その代り、ある日突然、何でもないケンカの仲裁に入って刺されたりとか……。そんなことで死んでしまったりもしますが」

「そう……。いやですねえ、家族の誰かが死ぬってことは」

と、棚原は、石津と熱心に話している娘の方を見やって、言った。

亡くなった妻のことを考えているんだろうな、と片山は思った。

「あの子のためにも、長生きしてやらないといかんと思ってるんです」

と、棚原はやや小声で言うと、「いや、失礼しました。こんなこと、お耳に入れても仕方ないことですのに」

「お嬢さんは、しっかりしてますね。妹と似てる」

「それは確かに」

と、棚原が笑って、「妹さんに、つい見とれてしまったのも、そのせいかもしれませんね」

「はあ……」

「いや、今後も、何かご縁があれば、いつでもおっしゃって下さい」

棚原は名刺を取り出して、片山へ渡そうとした。

「は、どうも――」

片山も名刺を出そうとして、焦ったせいで落としてしまった。

「あ、すみません」

と、片山は身をかがめて拾った。

このところ、腰を少し痛めていて、片山は名刺を拾うのに、腰を落とし、カーペットに膝《ひざ》をついた。無理に腰を曲げると、電気が走るように痛むことがあるのだ。

片山は落とした名刺を拾った。

その瞬間――。

鋭い破裂音が、小さなロビーに乾いた響きを鳴り渡らせた。

銃声だ。片山は、さすがに、

「伏せろ！」

と怒鳴って、同時にロビーの奥、一階の広いロビーへ上るエスカレーターの所に、男がいるのを目に止めていた。

やや長身、中年らしいが、体つきの印象でしかない。コートをはおり、えりを立ててい
て、マスクをしている。ソフト帽を目深にかぶり、手に拳銃《けんじゅう》が握られている。

一発撃って、まるで自分の発した音の大きさにびっくりした様子で、パッと身を翻し、
エスカレーターを駆け上って行く。

「石津！　追いかけろ！」

と、片山は叫んだ。

石津が、風を巻き起さんばかりの勢いで駆けて行った。

「晴美！　大丈夫か？　弥生君も――」

「私、大丈夫」

弥生がキョトンとした表情で、座り込んでしまっている。

「弥生！　けがはないか？」

と、棚原が言った。

「うん」

「――良かった」

棚原がそう言って、膝をつく。

「お兄さん！」

と、晴美が叫んだ。

片山は、棚原が胸を押えて、ゆっくりとカーペットの上に倒れるのを見た。その押えた胸から血がふき出してくる。

「棚原さん――」

「お父さん！」

と、弥生が駆けつけてくる。

「私、救急車、呼んでくる！」

晴美がレストランへと駆け戻った。

片山は、一瞬愕然《がくぜん》として動けなかった。

銃弾は――ちょうどかがみ込んだ片山の上を通り越して、棚原に当ったのだ！

「お父さん。――いやだ、どうしたの」

「弥生……」

片山が青ざめて、かがみ込むと、

「出血を止めるんだ」

と、急いで上着を脱いだ。「すぐ救急車が来ます」

「弥生……。お父さんの手を――」

「お父さん！」

弥生の手が、血で汚れた父親の手を固く握りしめる。

「弥生……。お前は……死ぬな」

と、棚原が言った。

「お父さん――」

「お前は長生きするんだ……。お前だけでも、死ぬな」

そう言うと、突然棚原の体から力が抜けた。

一瞬の内に、命の源を断ち切られたように、棚原はカーペットの上に手を投げ出して倒れた。

「――お父さん。起きて。目を覚ましてよ！　こんなこと……。こんなの、ひどいよ！」

弥生が泣きながら、父親の体を揺さぶった。

片山にはもう分っていた。――手遅れだ。

なぜだ？　なぜこんなことが……。

「今、救急車が来るわ」

と、晴美が戻って来て、立ちすくむ。

片山は、よろけるように立ち上った。

「ニャー」

ホームズが、いつの間にかそばへやって来ていた。

「――片山さん！」

石津が駆けて来た。「上のロビーが人で一杯で、紛れ込んでしまいました。どうです？」

片山は無言で、棚原と、その手を両手で握りしめて、呆然《ぼうぜん》と座り込んで、泣くとも意識せずに泣いている弥生を見下ろしていた……。

2　出会い

「片山さん！」

元気のいい声が飛んで来て、ちょうどコーヒーを飲みかけていた片山は、危うくむせ返りそうになった。

「——やっぱり片山さんだ！　ホームズは元気？」

と、その半袖《はんそで》の制服姿の女学生は片山の席のそばに立って、言った。

——六月。

梅雨を飛ばして夏がやって来たような、強い日射しが明るく店の中に溢《あふ》れていた。

「私のこと、忘れてるんだ。そうでしょ」

と、少女は言ったが、怒っているという口調ではなく、面白がっているかのようだ。

「——忘れやしないよ」

と、片山は言った。「棚原弥生君じゃないか」

「あ、憶《おぼ》えてた」

と、少女は片山の向いの席に座り、「ここ、いい？　彼女でも来るの？」

「来ないよ」

「あ、そうか。片山さんって、女性恐怖症だった」

弥生は、ウエイトレスへ、「私、フラッペ！」

と、オーダーして、

「もう夏みたいに暑いわね」

一気にそこまで言って、一息入れる。

「君……もう中学三年生だね」

「ええ。私、転校したの。今、N女子の中学部に通ってるの。この制服、夏のなの。可愛いでしょ？」

「うん」

「懐しいなあ。あの面白い刑事さん、何てったっけ？」

「石津のことだろ」

「そうそう。石津さん！　晴美さんもお元気？　ホームズも」

「みんな元気さ。僕以外は」

「あら、片山さんも元気そうなのに。失恋でもした？　でも、女性恐怖症の人が失恋しないか」

片山は戸惑っていた。

忘れるわけがない。忘れられるものか。

目の前で、この子の父親が射殺されたのは、つい四か月ほど前のことではないか。

フラッペが来て、弥生は、

「いただきます」

と、食べ始めた。

ザッ、ザッと細かく砕かれた氷の中へスプーンが突き刺さる。

——棚原弥生が、あのとき——父親の告別式で、片山に向って言った言葉は、今も、たぶん一生忘れられないだろう。

「分ってるんです……。片山さんが悪いんじゃない。お父さんが死んだのは、撃った人のせいで、片山さんのせいじゃない、って。でも……分ってるけど、だめなの。どうして片山さんじゃなくて、お父さんが死んだんだろうって……。本当なら、片山さんが狙われたのに、お父さんがどうして代りに死ななきゃいけなかったの、って思うと……ごめんなさい。——帰って下さい。このまま、今日はこのまま、帰って下さい。ごめんなさい。——ごめんなさい……」

ごめんなさい……。

くり返した弥生の声は、片山の耳に焼き付くように残っている。

告別式の式場の入口で、弥生は片山を押し戻すようにして言ったのだった。

忘れられるものか。片山の胸は今でも痛む。

「――どうかした？」

と、弥生はフラッペを食べていた手を止めて訊《き》いた。

「え？」

「じっと私の顔、見てるから。何か付いてる？」

「いいや。申しわけないと思ってね」

と、片山は言った。「まだ犯人が捕まってないから……」

「ああ。――そうね。でも……」

弥生はスプーンを受け皿に置いて、両手を膝《ひざ》の上に置くと、「あのときは、ごめんなさい。私、ずいぶんひどいことを言った」

「いや、そんなことは――」

「そうよ！　謝ってるんだから、ちゃんと聞いて」

「うん……」

「片山さんが撃たれずにすんだってこと。お父さんが撃たれても撃たれなくても、片山さんは狙われていて、今ここで殺されるかもしれない。それなのに、私、片山さんがお父さんを死なせたようなこと言って……」

「しかし、僕は警官だからね。そういう危険とは、いつも隣り合せだよ」

「大変ね。──犯人が捕まるまでは、心配でしょ、晴美さん」

「あいつは……。まあ、父親をやっぱりそんな風に突然亡くしているからね」

「そうなんだ……」

二人は少し黙った。

「──ともかく、君が元気にしてるんで、安心したよ」

と、片山は言った。

「うん、元気よ」

と、弥生は微笑んで肯《うなず》くと、「学校も楽しいし」

「君、今は誰と暮してるの?」

片山はそう訊いたとき、弥生がフッと目をそらすのを見て、「──いや、別に訊いてどうしようってわけじゃないんだ」

と、急いで付け加えた。

「私の今いるのは」

と、気を取り直したように、「弓削春夫さんって方の所」

「弓削?」

どこかで聞いた名だ、と片山は思った。

「一度、大臣までやった人よ」

「ああ、確か――。大蔵大臣をやった人？」

「ええ。元、K銀行頭取」

「そうか。君は親戚《しんせき》なの？」

「いいえ。お父さんが――」

「そうだったね。K銀行の支店長だった」

「弓削さんと、ずいぶん親しくしてたの、うちは。それで、父も母も亡くなったって新聞で見てね、『うちへ来なさい』って言ってくれたの」

「へえ」

「妙でしょ、何だか。私もそう思うんだけど、でも、他に方法もなくて。弓削さんは、N女子の理事長なの。だから、今年から編入できたし。思いきりコネで入学しといて、妙だなんて、恩知らずよね」

訊かれもしないことを、弥生はしゃべり出して止らない。

それは、弥生自身が、それを気にしているからに他ならない。

確かに、いくら親しくしていたとはいえ、一支店長の娘を、元頭取が自分の家に引き取るかどうか。

しかし、それは片山が口を出すことではない。

「――片山さん」

と、弥生が初めて気が付いた様子で、「ここに何の用事でいるの？」

片山がすぐに答えずにいると、

「もしかして私に……用で？」

「いや、そうじゃない」

と、片山は言った。「偶然だよ。大体君がN女子に通ってることも知らなかった」

「――N女子に用？」

「N女子のある人にね」

「誰？」

「それは……」

「言えない。――もちろんそうね。でも、ここまで言っといて、教えないっていうの、ひどい」

と、弥生は笑って言った。

「君はどうしてここへ？」

と、片山が訊く。

「さあ、どうしてでしょう」

弥生は、水をガブッと一口飲むと、「じゃ、私、行くわ」

「もう？」

「だって、お邪魔でしょ」

「まあね」

「ひどい」

と、弥生は笑って、「私もね、彼と待ち合せなの。それじゃ」

気が付いた。――弥生は、時々、ガラス越しに表の通りへ目をやっていた。誰か、待っていた相手が通ったのだろう。

片山が、

「これぐらい払うよ」

と言うと、

「じゃ、遠慮なく。ごちそうさま」

と、弥生は立ち上って、駆け出すように出て行く。

店の外へ飛び出した弥生は、片山の視線など一向に気にする様子もなく、弾《はず》むような足取りで駆けて行った。

――片山は、気になった。

中学三年生だ。初恋ぐらい、あっておかしくはない。しかし、その前の話は、弥生があまり幸せとは言えないかもしれないと思わせた……。

「失礼ですけど」

と、声がした。「片山さんでいらっしゃいます？」

「そうです。N女子学園の……」

「中学部長の萩野啓子と申します」

と、その女性は、この蒸し暑い中、きちんとスーツを着込んでいた。

本人は、むしろだらしない格好の方が暑く感じるのだろう。そういうタイプの女性だ。

「お忙しい中、申しわけありません」

と、萩野啓子は席に落ちつくと、言った。

「いえ。――ご用件というのは、何でしょうか？」

片山の問いに、萩野啓子は少しためらっていたが、

「――馬鹿げたことと笑われるかもしれません。でも、当節、笑い話ではすまないことのような気もして」

「おっしゃってみて下さい」

萩野啓子は、自分の注文した紅茶が来ると、少しホッとした様子で、砂糖を入れ、スプーンで静かにかき回した。

それから、スプーンを出してそっと受け皿に置くと、

「実は――私の学校の生徒が、人を殺そうとしているかもしれないんです」

と言った。

「晴美？」

と言われて、

「まさか」

と、つい言ってしまった。

だって——これが、あの清川昌子《きよかわまさこ》？

でも、「昌子」と「まさか」で音が似ていたので、相手は、名を呼ばれたと思ったらしく、

「久しぶりね！」

と飛びはねんばかりに喜んでいる。

「元気そうね」

と、晴美は、やっと我に返って言った。

「お茶飲も？　ね？」

「うん……」

「何か用事あるの？」

「そういうわけじゃないけど」

「じゃ、いいじゃない！」

――晴美は、映画を見ての帰り、何か夕ご飯のおかずを買って帰ろうと、デパートへ入った所で、呼び止められたのである。

「昌子、買物は？」

と、晴美は言った。

昌子の後ろに、デパートの社員らしい若い男がついていて、両手に一杯の品物を抱えていたからである。

「あ、忘れるとこだった。――それ、うちへ届けといて」

「かしこまりました」

「支払いはいつものようにしてね」

「承知しております」

と、まるで床に頭をつけるような屈伸運動でもやっているかのようなおじぎをしている。よほどのお得意なのだろう。晴美がチラッと見ただけでも、グッチのバッグ、シャネルのスーツ、エルメスの靴……。

全部合せて何十万か。――晴美は、別に羨《うらやま》しくはないが、ただびっくりしていた。

上の方のフロアへ行って、ティールームへ入ると、ここでも昌子は「顔」らしく、奥の席へ通してくれる。

「――晴美、変らないね」

高校時代の同級生は嬉《うれ》しそうに言った。

「そう？　昌子も……変らない、とは言えないかな」

と、晴美は笑って、「でも、笑顔は昔のままね」

「ありがとう」

清川昌子は、目立たない生徒だった。晴美は正義感を発揮して、昌子を守って男の子とケンカしたりしたものだ。

泣き虫で、よくいじめられた。晴美は正義感を発揮して、昌子を守って男の子とケンカしたりしたものだ。

それが今は……どう見ても、今着ているスーツもたぶんシャネル。靴もバッグも、「超」の字のつく高級品だろう。しかし、顔はほとんど化粧っけがないので、驚くほど昔の通りだ。

「変でしょ、こんな格好」

と、昌子は少しして、自分から言いだした。「似合わないのは分ってるんだ。でも、仕方ないの」

「昌子――どうしちゃったの？」

「うん……。お金は好きに使えるの」

と、昌子は言った。「することなくて退屈しちゃうのよね。愛人なんて、やるもんじゃないわ」

「愛人って……」

「うん。お金持の人にね、『囲われてる』っていうの、こういうの？」

「昌子……。本当なの？」

「うん」

と、昌子は肯《うなず》いて、「変よね。私なんて、そんなのと一番縁のない人間だと思ってたのに。世の中にゃ、物好きもいるのよ」

少しも卑下する感じでなく言っているのがふしぎだった。

「昌子……。それで満足してるの？」

と、晴美はつい訊《き》いていた。

「そういうわけでもないけど……。でもね、お金のためってわけじゃないの。――確かに年齢《とし》は離れてるんだけど、憎めない人なの。色々あって――好きになったの。そしたらこんなことになっちゃった」

「でも……奥さんのある人ね？」

「うん。奥さんには頭が上んないみたい。もちろん、私も別れてくれなんて言ってないし、仕事してても良かったんだけど、やっぱりそういう仲になると、何となく職場でも分るしね。居づらくなって辞めて、次の仕事もなかなか見付からなかったんだ。そしたら、今のマンションへ連れてってくれて、『ここが君の家だ』って」

「分ってる。いつまでも今のマンションにはいられないだろうし、彼が別の女をあそこに住わせるかもしれないし……。でも、それでもいいの」

晴美は何となくホッとした。——ホッとするのも妙だが、清川昌子が、現実には大して変っていないことが分ったからである。

「相手の人って、いくつなの?」

と、晴美は言った。

「六十」

「——へえ」

「でも、やさしくていい人なのよ」

そりゃそうかもしれない。人間、ただやさしくするだけなら簡単だ。

問題は責任を取ってくれる「やさしさ」なのである。

「ね、今度遊びに来ない?」

と、昌子が言った。

「そうね……。その内」

が、意外に早く、晴美は昌子のマンションへ行くことになる。

「だけど、昌子——」

3　参観

「授業参観？」

と、晴美が言った。「お兄さん、いつから子持ちになったの？」

「そう言うな」

と、片山は朝食を食べながら、渋い顔をした。「好きで行くんじゃない。仕事なんだ」

「だって――」

「N女子は私立の名門校だ。そこへ刑事が入るってのは、やはり問題だ。ただ、今日がたまたま父母参観日なんで、一般の人間が大勢出入りする。それで、今日なら学校へ出入りしても目立たないってわけだ」

「で、私にも付合えってわけ？　高くつくわよ」

「おどかすな」

「その事件のことも詳しく聞いてからでないとね」

「それは行く途中で話す。いいんだろ？　何かデートの約束でもあるのか？」

「そうね……」

晴美はわざとらしく手帳を見て、「二、三件キャンセルすりゃいいかな」

「ニャー」

ホームズが晴美の方へ寄って来て、手帳を覗《のぞ》き込むと、一声鳴いた。

「何よ、ホームズ」

「真白じゃないかって笑ってるぞ」

「ホームズは、女心を傷つけるようなこと言わないよね」

「ニャン」

「——そうか、一緒に行きたいんだ。そうでしょ？」

「ニャー」

「おい、父母猫参観ってのは聞いたことないぞ」

と、片山は笑って言った。「もちろん、一緒に行ってくれるのなら、それに越したことないけどな」

「じゃ、私も保護者らしく、少し地味なスーツでも着てくかな」

と、晴美はすっかりその気になっている。「ホームズはいいわね、何着るか迷わなくてすむから」

「ニャー」

「お兄さんも、地味な格好でね」

「これ以上地味にできるか」

と、片山は言った。「おい、お茶漬」

「忙しいの。自分でやって。――あのスーツがいいかな。でも、合う靴がないのよね」

片山はため息をついて、

「おい、ホームズ。お前、お茶漬作っちゃくれないよな？」

と、未練がましく声をかけ、完全に無視されているのだった。

「――でも、あの子もいるわけでしょ」

「棚原弥生か？　そうなんだ」

「でも、元気になって良かったわね」

「うん……」

片山は、あの明るい弥生の振舞の中に、どこか暗いものを感じて仕方ないのだった。いや、両親を亡くしていることを考えれば、当然のことかもしれないが。

そうだ。――そういえば、弥生の母親は五年前に亡くなったということだが、どうして亡くなったのだろう？

あのとき、棚原薫は特に何も言っていなかった。ということは、病死だったのだろうか……。

「それで？」

晴美が奥で着替えながら言った。

「――うん？　何だ？」

「それで殺人が起るかもしれないって話、どういうことだったの？」

「ああ……。三年C組って、棚原弥生のいるクラスの生徒で――」


「ちょっと……まずいんじゃない？」

と、賀川涼子がキョロキョロと左右を見回しながら言った。

「何よ。タバコの一本くらいで」

と、伊東清美は苦笑して、「マリファナでもやってるんじゃまずいかもしれないけどさ」

「だって……」

と、賀川涼子がいつもの通り口を尖《とが》らす。

「さ、一本。――やらないの？」

「やるわよ。やるけど……」

――賀川涼子、伊東清美の二人は、体育館の裏手で、放り出してある段ボールに腰をおろしていた。

自習時間。

清美が、「気分が悪い」と言い出し、実際、青ざめて具合悪そうなので、お休みの教師の代りに、監督に来ていた若い教師が、保健室へ行っているように言った。

清美は、一人では心細いので、涼子について来てと頼み、二人は三年C組を出たのである。

そして――本気で心配していた涼子は、清美が廊下へ出るとケロリとして、

「眠くって、退屈だから、出て来たの」

と言うのでびっくり、さらに、

「一服しよう」

と、体育館の裏へ来てタバコを取り出したときには、てっきり「ヤバイ」ものをやるのかと青くなった。

「心配しないで、普通のタバコ」

と、清美は笑って言った。「喫《す》ったことないわけじゃないでしょ」

「うん……。うちで何度か」

清美は、しっかりライターまで持っていて、火を点《つ》けてくれた。

「体にゃ悪いかもしれないけど、疲れたときの一服は、いいよね」

「清美……。びっくりした」

「どうして？　私、遊びは得意なのよ」

見たところ、優等生で（実際、頭がいい）、真面目で、先生たちのお気に入りの清美が

タバコの煙を輪にして出したりするのを見ていると、涼子は呆気《あっけ》にとられてしまうのだった。

「――ねえ」

と、清美が言った。「竜野先生って、悪くないよね」

「何のこと?」

「すてきじゃない。私、ああいうの、好みなんだ」

と、大人びた口をきく。

「奥さん、いるよ」

「分ってる。何も結婚しようっていうんじゃない」

「でも、せめて高校生になってからの方が……」

「涼子って、意外と引込み思案なのね」

と、清美は笑った。

「私……清美みたいにもてないもん」

「何をすねてんの。私だって――。優等生なんて、ちっとも面白くない女だって思われるからね。さっぱり声なんかかけられないのよ」

と、清美は、投げやりな調子で言った。

涼子は、清美のこんな顔を初めて見て、何だかワクワクした。人が弱味を見せてくれるのは、心を許した相手に限られるだろう。

それを思うと、何だかひどく嬉《うれ》しい気分になったのである。

「――棚原弥生のこと、何か知ってる？」

と、清美が言った。

「弥生？　さあ。――編入して来たばっかりじゃないの」

「珍しいよね。三年生の編入って」

「それはそうだね」

涼子は、清美がどうして急に棚原弥生のことを言い出したのか、よく分らなかった。

「あの子ね。竜野先生のお気に入りなの」

と、清美は言った。

「へえ」

「演劇部にさ、先生の方から誘ったんだよ。そんな子、初めてよ」

「それで、入部するの？」

「たぶんね。あの子の方も竜野先生に気があるし」

「本当？」

「涼子はお子様だから分んないのよ」

と、清美は言った。

「お子様だなんて……」

と、涼子は口を尖らして、「キスぐらいしたことあるもん」

「寝たことないでしょ」

「――清美、あるの?」

「うん」

と、あっさり肯《うなず》き、「六本木で知り合ったアメリカのハイスクールの子。もちろん、下手で、散々だったけどね」

涼子は圧倒されていた。――清美が、全く別の世界の子に見える。

「涼子、頼みがあるの」

「私に?」

「弥生のこと、調べて」

「調べる、って……」

「まだ、あの子は特別親しい友だちがいないわ。だから、うまくきっかけを作って、あの子と友だちになって」

「それで……何を調べるの?」

「何でも。あの子、両親亡くなってるのよ。どうして死んだのか、今、どこから通学してるのか、何が趣味か。好きな映画スター、シャンプーは、リンスは何を使ってるか。下着の色は何色が多いか……。ともかく何でもいいの。あの子のこと、知りたい」

何のために？——そう訊《き》きたかったが、やめた。

清美の「命令」は、絶対のものだった。それだけの迫力で、涼子を縛りつけた。

「いいわね？　私、ちゃんとお礼はするからね」

「そんなこと……」

「テストのとき、うまくカンニングさせてあげる。絶対見付からないこつがあるの」

と、清美は言って、急にタバコを投げ捨てると、「誰か来る！」

と、押し殺した声で言って、あわててタバコを踏みつける涼子の手をつかみ、大きな段ボールのかげに引張り込んだ。

「しっ。口をきかないで。——頭を下げて」

二人が息を殺していると、足音がした。

一人ではない。二人か、三人か。

「——ここはいいな」

と、男の声がした。「生徒は必ず秘密の場所を持っているものだな」

他の誰かは口をきかなかった。

「話は分ってくれたか」

と、その男は言った。「大して難しいことはない。向うは君のことなど知らない。訪ねて行けば会ってくれる。何か飲物が出るだろう。隙を見て、あの女の飲物に——これを入れれば、それですむ」

少しの間、沈黙があった。男が続けて、

「この容器は、どこか途中の駅のクズ入れにでも捨てておけばいい。——くり返すが、君はあの女とは何の関係もない。ばれることはないよ。誰も、中学生の女の子が人を毒で殺したなどとは思わないさ」

——涼子は体が震え出すのを、必死でこらえた。

これは幻覚か？——そう、さっきのタバコというのが、本当はやはり「やばいもの」だったのかもしれない。

「じゃ、いいね」

と、男が言った。「よろしく頼む」

相手は何も言わない。

「さあ、もう戻った方がいい。妙に思われるといけない」

一緒に歩き出す足音がした。

涼子は、足音が遠ざかると、少しずつ救われる気分になっていった。

足音が止って、

「——タバコの匂いがしないか？」

と、男が言った。

涼子はゾッとして、思わず清美の手を握りしめた。

「気のせいかな」

男が言って、足音が小さくなり、やがて消えてしまうと、涼子は全身から汗がふき出して、肩で息をついた。

「立てる？」

清美は、妙に落ちついている。

「何とか……」

涼子は、膝《ひざ》が震えるのを何とかこらえて立つと、

「――今の、聞いた？」

と、当り前のことを訊いた。

清美が、何も聞こえなかったよ、とでも言ってくれれば、涼子もきっとそう信じただろう。

「もちろん」

と、清美は言った。「面白かったね」

「面白い？」

涼子は、信じられなかった。

「面白いわよ。あの声……」

「男の人……。誰だか知ってるの？」

「たぶんね」

「誰？」

「確かじゃないの」

と、首を振って、「絶対に間違いないって分れば、教えてあげる」

「今の話……人を殺そうっていうんだよ」

清美は、何やら考えていたが、

「――涼子。今聞いたこと、部長先生に話しなよ」

「え？」

「私とここでタバコ喫《す》ってたってのは言わないで。――私を保健室へ連れてって、戻る途中、ここで息抜きしてた、ってことにして」

「こんな所で、息抜き？」

「情ない顔しないの」

と、清美は笑って、「話の中身が凄《すご》いから、大丈夫。涼子がここで何してたかなんて、気にもしないわ」

「でも……」

「部長先生に話すの。分った？」

――涼子は肯くしかなかった。

清美は何を考えてるんだろう？　涼子には見当もつかなかったのだ……。

そして、涼子は清美に言われた通り、部長先生――萩野啓子の所へ行って、気は進まなかったが、聞いた通りのことを話した。

清美の言った通り、保健室から戻るときに、どうして体育館の裏なんかに行ったのかということは、訊かれもしなかった。

萩野啓子は、涼子に同じ話をもう一度くり返ししゃべらせて、それから考え込んだ。

「分ったわ。――ありがとう」

部長先生に礼を言われたのなんか、中学部での二年余りで、初めてのことだった。

「この話、誰にもしないで」

と、念を押されて、

「はい」

と、しっかり返事をしたのも、初めてのような気がする。

いつも、「はあい」と間のびした返事で竜野先生に叱られているのだ。

――竜野。そうだ。

部長室を出てホッとすると、涼子は思い出した。

清美に言われたこと。——棚原弥生と仲良くなって、彼女のことを何でも調べてくれ、と言われたことを。

4　衝撃

授業参観の日というのは、学校にとって一種特別な日である。

まず、生徒たちの様子が、いつもと全然違う。――子供たちにとって、親が学校へやって来て、教師や友人の目にさらされるというのは、「大事件」なのだ。

いつも、大人ぶって見せ、突っ張っている子が、母親に手を振られて真赤になったりする。また、それに腹を立てている風を装っても、どことなく嬉《うれ》しそうなのである。いくら生意気盛りの子供でも、「親に構われて」嬉しくない子はいないのだな、と竜野は思うのだ。

「――棚原」

朝のホームルームが、いささかの興奮を感じさせて終ると、廊下へ出た竜野は、後から出て来た弥生へ声をかけた。

「はい」

「お前のとこ、どなたかみえるのか」

妙に遠回しな言い方をしない方がいい。

「今日はね、おばあちゃんが来ます」

訊《き》かれたくて仕方なかったようだ。

「そうか」

「母の方の——。もう七十過ぎだけど、元気なんです」

「それは楽しみだな」

竜野は微笑んで、「——そういえば、どうだ、演劇部のこと」

「ああ……。嬉しいですけど……。もう少し考えたいんです」

「でも、そう深刻に考えるなよ」

と、竜野は弥生の肩を叩《たた》いて言った。

「はい。来週には、ちゃんと返事します」

「待ってるぞ」

竜野は職員室へ戻ると、一時間目の授業の仕度を始めた。

「——竜野先生」

と、萩野啓子が呼んだ。「すみません、ちょっと」

「はあ」

急いで部長室へ行くと、萩野啓子の他に、変った客が三人——いや、二人と一匹、待っていた。

「警視庁捜査一課の片山です」

ヒョロリとなで肩のその青年は、とても刑事には見えなかった。

「竜野です」

「妹の晴美と、うちの飼猫のホームズです」

三毛猫まで紹介する人は珍しい、と竜野は思った。

「今日は父母参観日で忙しいでしょうけど」

と、萩野啓子が言った。「この片山さんに協力してあげてほしいの」

「協力というと……」

「殺人事件を起す可能性があるの。うちの生徒が」

竜野は啞然《あぜん》としている。

啓子が手短かに賀川涼子の話をまとめて聞かせると、

「賀川が……。そうですか」

「私は、聞いていて嘘じゃないと思ったんですけどね。竜野先生、どう思います？」

竜野は少し考えて、

「賀川涼子は、多分に甘えん坊でいい加減なところはありますが、そういう話をでっち上げるタイプじゃありません」

と言った。「自分から、ここへ来たんですね」

「ええ」

「わざわざ嘘をつきに、部長室へ入ろうとは思いませんよ。きっと、話は本当でしょう」

「私もそう思って、片山さんにご相談したの」

と、啓子はホッとした様子で、「後で、賀川さんに案内させて、話を聞いたという場所に、片山さんをお連れして」

「分りました」

と、竜野は言った。「午前中、授業参観なのですが……」

「もちろん」

と、晴美が言った。「授業を拝見させていただきますわ」

「――片山さん？」

休み時間、教室から出て来た弥生は、片山たちと出くわして、目を丸くした。

「元気？」

と、晴美が言った。「ホームズも来たいって言うもんだから」

「ありがとう！　相変らず利口そうだね」

と、弥生は、かがみ込んでホームズを抱き上げた。

クラスの子たちが、

「わあ、その猫、どうしたの？」

と、寄ってくる。

「きれいだね、毛並！」

たちまち取り囲まれて人気者。

ホームズも、悪い気はしないらしく、おとなしく、撫《な》でられるままになっている。

「授業参観？」

と、弥生が片山に訊く。「――そんなわけないね」

「ちょっと用があってね」

と、片山は言った。「次の授業だろ？　覗《のぞ》かせてもらうよ」

「担任の先生、よく見といて。とってもすてきな人なの」

と、弥生は言った。

次々に父母がやって来て、廊下で子供たちと立ち話になるので、たちまち廊下は大混雑になってしまった。

「うちは、母の方のおばあちゃんが来てくれるの」

と、弥生は言った。「まだ、来ないな。――いつも出かけるときは、身仕度の手間どる人だから、遅れて来るかも」

「君に似てる？」

「さあ……。白髪がみごとなおばあさんが和服姿で来たら、その人。――倉田《くらた》靖子《やすこ》っていうんだ」

そこへ、竜野がやって来ると、

「お父様、お母様方、どうぞ教室の中へお入り下さい」

と、声をかけた。

チャイムが鳴り、

「それじゃ」

と、弥生はホームズの頭をひと撫でして、教室へ戻って行く。

竜野は、片山の方へやって来ると、

「賀川は、教室の後ろに立つと、右から二列目の後ろから三つめの席です」

「ありがとう。適当に拝見しています」

と、片山が言った。

「失礼ですけど、竜野さんは何を教えてらっしゃるんですか?」

晴美の問いに、竜野はやや照れたように、

「国語です。しかし、勉強したのは『文学』なんですがね。まあ、子供たちにとっては関心のない課目で」

と、肩をすくめる。「――伊東、早く席につけ」

廊下をやって来たのは、いかにも頭の良さそうな、きりっとした感じの女の子で、中学生とは見えない落ちつきを身につけている。

「はい」

と、足早に教室へ入っていく。

「――優等生って感じの子ですね」

と、晴美が言った。

「ええ、確かに。しかし、今日あの子の親は来ないんです」

「忙しいんですか？」

「今、離婚の係争中らしいんです。どちらかお一人でも、と連絡したんですが、どっちからも断られて」

竜野は腕時計を見て、「では失礼します。この時間が終りましたら、廊下でお待ち下さい」

と言って、教室へ入っていく。

ザワザワとしていたのが、ピタリと静かになる。

「何だ、今日はいつもと違って静かだな」

と、竜野が言って、笑いが起きた。

「いつも通り、でしょ」

と、声が飛ぶ。

片山たちは、開け放した後ろの方のドアから、教室へ入って行った。

親たちは、後ろのスペースに押し合いへし合いする混み方で、片山たちはいささか気がひけた。

「では出席を取る」

と、竜野が言った。

片山たちは入口近くに立って、もしあまり混んでくるのなら、廊下へ出ていようと思っていた。

弥生が振り向いて、片山たちの方へちょっと手を振って見せた。

賀川涼子の顔を、片山は頭に入れた。

——授業が始まって、片山は竜野が「すてきな先生」だと言った弥生の言葉が、何となく分った。

教えることが好きなのだ、という印象だった。そういう「熱気」のようなものは、すぐに伝わるものだ。

もちろん、生徒たちも、今日は特別真面目なのだろうが、付け焼刃でない楽しく弾む空気が、教室にはあった。

——二十分ほどたっただろうか。

「失礼いたします」

と、小声で言って、片山と晴美の間を割って通り抜けた人がいる。

小柄な和服姿、白髪がみごとなその婦人は、まず間違いなく、弥生の祖母だろう。

倉田……といったかな。

耳ざとく、祖母の声を聞いたらしい弥生がチラッと振り向いて、祖母へ手を振って見せた。

倉田靖子は、孫の方へただ肯《うなず》いて、はしゃぐのをたしなめるように、眉《まゆ》をひそめて見せた。

「──詩には、定型詩と不定型詩がある。いずれにしても、詩は心だ。『詩』という字を『うた』とも読む。『うたの心』が、詩には一番大切だ。では、有名な藤村《とうそん》の『初恋』という詩を、読んでみよう。日本語の文語体のリズムの美しさを、よく味わって──」

唐突に、竜野の言葉が切れた。

生徒たちが戸惑って、竜野を見る。

晴美が、片山をつついた。

「何だ?」

「しっ。──今の人、見て」

晴美が囁《ささや》く。片山は、晴美の視線を追って、さっき入って来た、あの白髪の婦人を見た。

幽霊でも見たような、という言い方の通り、真青になった婦人は、目を見開いて、竜野を見つめている。

そして、竜野もまた青ざめた顔で、その老婦人を見つめているのだった。

「――おばあちゃん」

と、弥生が振り向いて、「どうしたの？」

突然、見えない鎖を断ち切るようにして、弥生の祖母は人を押しのけ、教室から出て行った。

ホームズが素早く足の間を縫って、追って行く。

教室の中は沈黙していた。

竜野は、その婦人が出て行ってしまって、ふっと我に返った様子だった。

「『初恋』は大変有名な、美しい……詩で……」

竜野は、続けようとしたが、言葉は途切れ途切れになって、そして突然前方のドアへと駆け出すと、教室を飛び出して行ったのである。

――誰もが呆気《あっけ》に取られていた。

晴美が片山の方へ、

「追いかけて！」

と、小声で言って、「ここは任せて」

「お前――」

「いいから、急いで！」

片山は教室から出て行った。

晴美は、困惑している父母たちの間から、堂々と（？）教壇の方へ歩いて行くと、

「皆さん！」

と、振り返って、「竜野先生は、急用で席を外されていますので、私が代って授業を進めます」

みんな呆気に取られている。

「テーマは『初恋』？　よろしい。では、一人ずつ、自分の初恋がいくつのときだったか、語っていただきましょう。ただし、親ごさんの方です」

ザワつくのも構わず、「はい、では一番奥の方。ご夫婦でおいでですね。お父様から、どうぞ」

「あの……」

「初恋はおいくつのとき？」

「初恋ですか。――十四のときでした」

頭のすっかり禿《は》げてしまったおじさんである。「可愛い子でした。そりゃあ、今の女房とは比べものにならない……」

「あなた！　どういう意味、それは？」

と、夫人がにらむ。

「あ、お前もいたのか」

みんながドッと笑った。

「私だってね、十三のときの初恋の人は、そりゃあすてきだったのよ。禿げてもいないし」

「俺だって、中学生から禿げてたわけじゃない」

二人のやりとりに大笑いとなり、ただ、その娘が真赤になって、

「やめてよ、みっともない」

と、立ち上って、文句を言った。

「では、次の方。――お母様ですね？　初恋はいくつのときです？」

「は、あの……初恋って、初めてのものじゃないといけないんでしょうか」

珍妙なやりとりに、すっかり教室内は和やかな空気になってしまった。


「待って下さい！」

竜野は、駆けて来ると、「倉田さん！」

逃げられないと悟ったのだろう、倉田靖子は、じっと竜野の視線を受け止めた。

「竜野さん……」

「あなたが――棚原弥生の祖母！　それじゃ、弥生君は――」

「そ、そんなことがあるわけないわ！」

と、倉田靖子は叫ぶように言った。「当然でしょう」

「彼女は一人っ子だった。それじゃ、弥生君は誰の子だと言うんです」

と、竜野は言った。「僕は弥生君を初めて見たとき、息が止るほどびっくりしました。千草《ちぐさ》さんとそっくりだったからです」

倉田靖子は顔をそむけた。

――校舎の玄関は少しじめじめして、二人の声は響いて片山の耳にも届いて来た。

「しかし、そんなはずはない、と思い直し、他人の空似だろうと自分へ言い聞かせていました」

竜野は、大きく息をつくと、「しかし、祖母があなただというのでは……。偶然のはずはない！」

倉田靖子は、青ざめた顔で、心もち目を伏せ、

「――分りました」

と、言った。「まさか、あなたが弥生の担任……。世の中は、狭いものですね」

「本当のことを――」

けれど」

「もうお分りでしょう？」

と、靖子は言った。「でも……話を聞いて下さい。あなたがお怒りになるのは当然です

靖子は、教室の方へ目をやって、

「今は、あなたも教師としてのお仕事がおありでしょう」

「ええ……。では、改めて？」

「私の所へいらして下さい。——ご連絡します。今夜、必ず」

「分りました」

「ごまかしはしませんわ。弥生がいるんですもの」

靖子は、一旦《いったん》背筋を伸して、「——弥生をよろしくお願いします」

と、頭を下げたのだった……。

——竜野は、教室へ戻って来た。

授業を途中で、放り出してしまった。しかも、父母参観の日に。

下手をすればクビだな、と思いつつ、ドアを開ける。——しかし、どうしても、ああしないわけにいかなかったのだ。

教室は大爆笑だった。

「——いや、初恋こそが最高です！」

「初恋は、ぎくしゃくしてて、お互い傷付くだけですわ！」

「そうそう！　やっぱり、二度め、三度めの方が、味わい深いわ」

ワイワイガヤガヤと、親同士が討論している。そして、生徒たちは面白がって、聞き入っているのだ。

「はい、そこのグリーンのスーツの方！」

と晴美が、手を上げた母親を指して、「靴の色が、コーディネートの基本から外れていますね」

ワーッと生徒たちが拍手する。

竜野は、呆気に取られて、その光景を眺めていた。

そして、後部出入口から、片山が静かに滑り込んで来た……。

5　離れ

確かにドアを開けると、きしむ音がしていたのに。

一人、ベッドに引っくり返っていた弥生は、

「何かあったのか」

と、突然声をかけられて、ハッと飛び起きてしまった。

「や、びっくりさせたか」

と、弓削は笑って言った。「悪かったね」

「いえ……」

弥生は急いでスカートを伸し、髪を直した。

「ノックしようかと思ったが、中の明りが消えていて、眠っているようだと可哀そうだと思ってね」

「いえ、いいんです。――眠っていません」

薄暗い部屋に、夕陽が赤くカーテン越しに色を落としている。

「何かあったのかね」

と、弓削は訊《き》いた。「帰ったときから、何だか元気がないようだったが」

「そんなこと別に……」

と、弥生は言った。「今日、授業参観で、祖母が来てくれました」

「倉田靖子さん？　そうか。きっと久しぶりに君の顔を見たかったんだろうな」

と、弓削は肯《うなず》いた。

「あの……弓削先生の所でお世話になっているのが、申しわけないと言っていました。本当なら、自分の所でみなければいけないのに、と」

「そんなことを言ってるのか。困ったもんだな」

と、弓削は苦笑して、「あの年寄一人の所へ行って、君が何もかもしなきゃいけないんじゃ、勉強なんかしていられない。むろん、今はあの人も元気だが、あと何十年も元気でいられるわけじゃないし」

「はい。くれぐれもよろしくと……」

「一度、電話でも入れておこう。——じゃ、特に問題はなかったんだね」

「もちろんです」

「それなら良かった。——おっと」

鈴の鳴る音が聞こえて来た。「夕飯だ。お腹が空《す》いたろう？」

「すぐ行きます」

「一緒に行こう。何も、めかしこむ必要もない」

「でも……ちょっと鏡を見て行きます。どうぞ、お先に」

「そうかね。じゃ、早くおいで」

「はい」

弓削が出て行くと、弥生はぐったりと疲れて、ベッドに腰をおろした。

——弓削家の古い大邸宅の庭にある離れ。

ここが、弥生の住いである。

だが……。

母屋とは渡り廊下でつながっていて、部屋の広さ自体は充分すぎるほどある。

弥生は、遅くなると、また弓削が見に来ると分っていたので、手早く髪をブラシでとかし、ブラウスのしわを手で伸した。

離れを出て、渡り廊下を母屋へ向う。

——考えていたこと、というのは、もちろん、今日の授業参観での、祖母、倉田靖子と担任の竜野の様子も、その一つだ。

あの二人を見ていれば、二人が前から互いによく知っていたということは分る。

しかも、あのときの二人……。先生が、授業を放り出して飛び出して行ったこと。

あれは普通じゃない。

一体何だったんだろう？――弥生は不安だった。

「――遅いぞ」

と、食堂へ入ると、弓削が苛々《いらいら》と言った。

「すみません」

「あなた」

と、弓削の妻、貞子《さだこ》がたしなめるように、夫の方へ、「弥生ちゃんは小さい子供じゃないのよ」

「だからこそ、礼儀やルールを守る必要があるんだ。年上の人間を待たせるのは失礼なことだ」

「さあ、食べて。グチを言ってる内に、おかずが冷めますよ」

貞子は、夫の弓削春夫より一つ若いだけだから、六十近い。だが、弓削が見た目は老けていて、それでも活動的なのとは違って、貞子は年齢相応の外見と、いかにも古風な性格を感じさせる。

「――ミソ汁がぬるい」

と、弓削が言った。

「温めましょう」

「いや、面倒だ。もういい」

——弥生は、弓削を見ていると、人間、年齢《とし》をとるとこんなに文句ばっかり言うようになるのか、と絶望的になる。

しかし、最近は、どうやらそれも人それぞれらしいと分って来た。

一度は「大臣」までやった弓削は、いつも周囲に「気をつかわせる」ことで、自分の力を確かめたいのだ。

今は、大臣でも、議員でもない。N女子学園の理事長という役は、気に入っているようだった。

「出かける」

と、食事がすむと、弓削は突然言い出した。

「今から？　どこへ行くんですか」

「昔の仲間と顔合せだ。遅くなったら、どこかに泊ってくる」

と、立ち上る。

「お車ですか」

「タクシーを呼んでくれ」

「はい」

貞子が電話でタクシーを呼ぶ。

その間に仕度をして、弓削は出かけて行った。

「──早く夕ご飯食べろと言っといて、これだものね」

と、貞子は笑って、「弥生ちゃん……。ああいう男はだめよ」

「え？」

「弓削みたいな男よ。勝手で、わがままで、だらしがなくて」

貞子の言い方は、あまり聞いていて気持の良くなるものではない。

「知ってる？」

「何ですか？」

「清川昌子っていうのよ」

弥生にもピンと来た。

「若い人ですか」

「らしいわね。──でも、見たことがないの」

弥生は、お茶を飲みながら、

「怒鳴り込むとか、しないんですか」

と言った。

貞子は、ちょっと笑って、

「それじゃ、相手と同じレベルに落ちることだわ。無視しておく。その代り、すべてつかんでいる。それがいいのよ」

弥生には分らない。——中学三年生である。分らなくて当然かもしれないが、しかし、こんな夫婦になるまで、放っておいたのだろうか……。

電話が鳴った。弥生は、急いで立って行く。

「——もしもし、弓削でございます」

「弥生ちゃん？」

「あ……。今晩は」

と、弥生は言った。

祖母、倉田靖子だ。何と言っていいのか、弥生には分らなかった。

「弓削先生はいらっしゃる？」

「お出かけです。ついさっき」

「そう……。じゃ、奥様を」

「はい。——ね、おばあちゃん」

「今は何も訊かないで」

と、靖子が遮る。「その内、ちゃんと話をするわ」

「——はい」

貞子がやって来て、

「倉田さん?」

と訊《き》く。

「ええ。——今、代るね」

「弥生ちゃん」

と、靖子が急いで言った。「あの竜野っていう担任の先生のことだけど……」

「いい先生だよ。本当だよ」

と、ついむきになってしまう。

「分ってるわ。でもね、今は話をしないようにして」

「どうして?」

「あんたに、間違ったことを憶《おぼ》えてほしくないの」

「どういう意味?」

「いいわ。奥様に代って」

弥生は、受話器を貞子へ渡すと、食卓を片付け始めた。

流しで水を出していると、その音で何も聞こえない。

聞こえなくても、心の声を黙らせることはできない。

竜野先生……。

一体何があったんだろう。

「――それじゃ」

と、晴美は啞然《あぜん》として、「恋人が死んだと思ってたのね」

「まあ、詳しい事情は分らないけど、そんなところらしいな」

片山は車を運転しながら言った。

「弥生さんが、その母親とそっくり。これからどうなるのか、楽しみね」

日は暮れて、片山は伸びをした。

「厄介なことにならなきゃいいけどな」

「あら、何か感じるわけなの？」

「ニャー……」

片山は、あの賀川涼子の話を思い出して、

「ありゃひどいな。――大体、体育館の裏で何してたんだ？」

「でも、中身が嘘じゃないと分れば、それでいいでしょ」

「分らないぞ。麻薬でもやってたとしたら？」

「まさか」

「軽いマリファナぐらいなら、やってもおかしくないよ、今の若い子は」

と、片山は晴美に言ったが、

「じゃ、聞いた話も幻覚か何かだったってこと？」

「可能性はある」

片山の携帯電話が鳴り出し、晴美が取り出して、

「はい。もしもし。——あ、晴美です」

聞いている内に、晴美の顔が段々こわばって来た。


「——お帰りなさい」

と、玄関へ、信代《のぶよ》が出て来た。

「疲れたよ」

と、竜野は言って、玄関を上った。

「今日は、授業参観だったんでしょう？」

信代が竜野の上着を取って、ハンガーにかける。

「ああ」

「さっき、萩野さんから電話があったわ」

「部長から？」

と、竜野はネクタイを外す手を止めて、「何か言ってたか、部長？」

「今日は授業参観で、お疲れだと思いますって」

「ですって」

「他にもう一つ。――『ご主人に、私のことを〈部長〉と呼ばないように言って下さい』

「それだけ？」

と、信代は言って笑った。

竜野もつられて笑ったが、正直、頭の中は混乱している。

――倉田靖子の説明を聞くまでは、おさまるまい。

妻の信代は、四十二歳。竜野より二つ年下だ。

元は教師仲間だった。結婚しても続けていたが、流産して、その後しばらく神経を病んでしまったのである。

今は、こうして自宅で主婦をしている。

子供もない二人の生活は、何となく退屈だった。

「そういえば――」

と、信代が言った。「もう一つ電話があったの。あなたがまだ帰らないって言ったら、ここへかけてくれって」

倉田靖子か？

竜野は、しかし信代の目の前で千草の話をしたくない。

はやる心を抑えて、竜野はあえてゆっくりと着替えをしたのだった……。

6　スキャンダル

マンションのロビーでインタホンのボタンを押すと、待っていたのだろう、すぐに、

「はい」

と、返事があった。

「昌子、私、晴美よ」

「上って」

「ね、兄が一緒なんだけど――」

と、晴美は言いかけたが、もうインタホンのスイッチは切れていて、インターロックの扉がガラガラと開いた。

「どうする？」

と、片山が言った。「ここで待ってようか？」

「お兄さんもいてくれた方がいいと思うわ」

と、晴美は促して、中へ入った。

エレベーターで三階へ上り、〈306〉のドアまで来ると、中から開いて、

「晴美！　ごめんね」

「いいのよ」

と、晴美は言った。「兄が一緒なの」

「ええ、どうぞ」

清川昌子は、青ざめていた。

片山たちの車へ、昌子が電話をして来たのだ。

「困ってるの」

という昌子の言い方は、ただごとではなかった。

晴美たちは車を飛ばしてやって来たのだったが……。

そう広くはないが、やたら物で溢《あふ》れている部屋だった。デパートの紙袋や包みが、開きもせずにそのまま並んでいたりする。

「その人が倒れたの？」

と、晴美が訊いた。

「うん……」

片山は、ちょっと首を振った。

よくある話だ。若い愛人の所で発作を起して倒れる。人に知られては困るというので、救急車を呼ぶな、と――。

「手遅れになったら困るわよ」

と、晴美が言った。「救急車を呼ばないと。ね？」

清川昌子は、少しぼんやりした様子で、

「もう手遅れみたいなの」

と言った。

片山と晴美は顔を見合せた。

「どこに？」

「その部屋」

と、ドアを指す。

片山がドアを開け、立ちすくんだ。

床に血が広がっている。そして、バスローブ姿の老人が、目を見開いて、倒れていた……。

「――血を吐いて、倒れたの」

と、昌子は立ちすくんでいる。

これではショックが大きくて、途方にくれても仕方ない、と片山は思った。

片山だって――こうも血が派手に広がっているとは思っていなかったので、「心の準備」ができていない。

「晴美――」

「分ってる」

晴美が近付いて、倒れている老人の脈を取った。「――もう亡くなってるわ」

片山は、何度か深呼吸をくり返して、何とか貧血を起さずに済んだが……。

そらした視線が、床の隅の方に転っているグラスへ止った。

「何か飲んだの？」

と、昌子の方へ訊《き》くと、

「ええ……。お風呂《ふろ》から上った後は、いつもレモネードを」

「それを飲んで、血を吐いたのかい？」

昌子は黙って首を振った。

そうじゃない、と言っているのか、分らないと言っているのか……。

「お兄さん、まさか――」

「いや、その血の吐き方はどうも気になるよ。――このグラス、手をつけないようにしよう」

昌子が当惑した様子で、

「どういうこと、晴美？」

「もしかすると――毒物死かもしれないってことよ」

昌子が目を見開いて、

「毒薬？——そんなこと！」

「落ちついて。居間に座ってて。ね？」

晴美は昌子を促して居間へ連れて行った。

片山がその間に、寝室の電話で警視庁へ連絡した。

晴美が戻って来て、

「殺人ね、たぶん」

と言った。

「うん。自殺するにしても、わざわざ愛人のマンションでする奴はいないよ」

「でも——」

と、晴美はチラッと居間の方へ目をやって、「あの子がやったんじゃないわ」

「ああ。だって、自分がやったのなら、お前を呼んだりしないだろ」

「そうね」

と、晴美はホッとした様子で、「でも、昌子がこんなことに巻き込まれるなんて……。一番、そういうことに縁のない子なのよ」

「あのレモネードに、毒を入れられた人間がいるのか、ってことだな。二人きりでいるのが普通だろうけど」

「もう少し落ちついたら、私が訊くわ」

と、晴美は言った。「この人のこと、分った？」

「いや……。ちゃんと顔を見てない」

「しっかりしてよ」

と、晴美は苦笑して、死体のそばへ膝《ひざ》をついて、その顔を眺めていたが……。

「――お兄さん」

「うん？」

「私、この人、見たことある」

「え？」

片山も、思い切って死体の顔を見た。「――本当だ。どこかで見た……」

そう言ったとたん、思い当った。

「おい……。まさか！」

「誰だか分った？」

「うん……。たぶん――いや、間違いなく、この人は、弓削春夫だ」

「あ、そうか！」

晴美がポンと手を打った。「TVニュースで年中見てた人ね。銀行頭取から、大蔵大臣をやった人でしょ？」

「うん。しかし、それだけじゃない。今はN女子学園の理事長だ」

「N女子って……例の？」

「うん、棚原弥生が今この弓削春夫の家へ居候してるんだ」

と、片山は言った。

「妙な偶然ね」

「偶然っていえば……。毒薬の話を――」

「あの学校で聞いたばかりだわ」

「そして、N女子の理事長が毒殺された、か……」

片山は頭をかいて、「どうなってるんだ！」

「ともかく、昌子に弓削春夫とのことを、詳しく聞いてみるわ」

「うん。ここはいじらない方がいい。居間へ戻ろう」

二人は居間へ入って――戸惑った。

ソファには、昌子の姿はない。

「昌子。――昌子？」

晴美はトイレや他の場所を覗《のぞ》いて回ったが、清川昌子の姿はどこにもなかった。

「いないわ……」

片山は青くなった。

重要参考人といってもいい清川昌子を、居間で一人にした。そして、逃げられてしまったのだ！

「参ったな……」

「でも、あの子が逃げるなんて――。逃げたら、自分が疑われるに決ってるじゃない」

「しかし、現に逃げてる」

「うん……」

晴美は、「昌子！」

と、ソファに腰を下ろして、頭を抱えてしまった。

「おい」

と、片山が思い出して、「ホームズが……」

「車に残してきたわね」

「行ってくる」

「私が行く！」

晴美は急いで昌子の部屋から飛び出したのだった。

車が停って、青ざめた顔の女性が降り立つ。

付き添うようにして車を降りてきたのは、棚原弥生である。

「――片山さん」

と、弥生が言った。

「弓削さんの奥様ですね」

「はい。弓削貞子と申します」

少し声が震えている。「主人は――確かに亡くなりましたんでしょうか」

「残念ですが」

「そうですか……」

貞子は今にも倒れるかと思うほど蒼白《そうはく》な顔色だったが、「刑事さん。主人は大臣をやった人です」

「存じています」

「その主人が、こんな……若い女のマンションで死んだとなると……。恥ずかしい話です」

貞子はじっと片山を見つめて、「どこか――他の場所で死んだことにしていただけませんか」

「お気持は分りますが……。それは無理です」

と、片山は言った。「ここでは……。ともかく中へお入り下さい」

もう、報道陣も集まって来ていた。まだ死んだのが元大臣だと広くは知れていない。しかし、時間の問題なのは確かだった。

「――〈306〉が、その部屋です」

エレベーターの中で、片山は言った。「奥さん、ご主人は、殺されたと思われるんです」

貞子が目を見開いた。

「ですから、余計に、ここ以外の場所で亡くなったことにはできないんです」

「殺された……。でも、誰がやったんですか？」

「それは、これから調べます」

「片山さん。その女の人、いるの？」

「清川昌子という人ですね」

と、貞子が訊《き》く。

「ご存知でしたか」

「名前だけは……」

「今、行方をくらましていて、捜しています」

と、片山が言い終らない内に、エレベーターが三階に着いて扉が開いた。

306号室のドアが開いて、警官が出入りしている。――近くの部屋の人が、ドアを細く開けて覗いている。

中へ入ると、ホームズが上り口に、出迎えるように座っていた。

「あ、ホームズもいた」

弥生が、やっと少しホッとした表情で言った。

貞子を片山が案内して奥へ入って行く。

弥生は、物珍しげに、居間の中を見回して、鑑識の人たちに邪魔にされたりした。

じき、貞子は寝室から出て来た。

片山が、

「お悔み申し上げます」

と言った。

「どうも……。主人に間違いありません。残念ですけど」

貞子は、ここへ来たときより、夫の死体を見て、却《かえ》ってシャンとした様子だった。

「残念、とおっしゃると……」

「あんな人が夫で残念ってことです。弥生ちゃん、帰りましょ」

と、さっさと玄関の方へ行ってしまう。

「はい。――片山さん、いいんですか？」

「一人で帰すわけにいかない。君、ついて行ってくれ」

「はい！」

弥生はあわてて貞子を追っかけて行った。

片山と晴美は顔を見合せた。

そして、寝室の方から、そっとホームズが顔を覗かせているのだった……。

7　職員会議

「一体何だ？」

あちこちで不平の声が上った。

「こっちは、昨日の授業参観で疲れてるのに……」

「全くね！」

会議室に集まった教師たちの中には、椅子に座ったまま居眠りしている者もいた。

竜野も、本当なら眠っていたいくらいのものだ。——大体、ゆうべは、まんじりともしていない。

結局、倉田靖子の所へ電話しても、誰も出なかったので、ゆうべは話していない。しかし、ともかく、ベッドへ入るとますます目が冴《さ》え、千草のことを思い出して、ろくに眠れなかったのである……。

そこへ、早朝、電話で起され、

「早朝の職員会議があるので、一時間早く出勤して下さい」

という連絡。

こうして、何とか集まったものの、教師たちがブツブツ文句を言うのも、仕方ないことである。

ガラッと戸が開いて、部長の萩野啓子が入って来て、さすがに会議室の中は静かになった。

萩野啓子は四十四歳だから、この教師たちの中に、年上の、もっと古い教師はいくらもいたが、それでも彼女が中学部長でいること、そのことへの不満はほとんどない。

それだけ、単なる校長と違って、N女子学園の中での中学部長というポストは何かと厄介で、気苦労が多いことを、誰もが知っていた、ということか。

萩野啓子には実務的な能力があり、その点を買われて、部長になったという面もある。

「——早朝からお集まりいただいて、申しわけありません」

と、啓子はよく通る声で言った。

竜野は、啓子の表情で、何かただごとでない出来事があったのだと気付いていた。

「実は、ゆうべのことですが、本学園の理事長、弓削春夫さんが亡くなりました」

啓子の言葉にどよめきが沸く。

「——問題は、それだけでなく、それが他殺だということなのです」

みんなが唖然《あぜん》として、騒ぎにならない内に啓子は素早く続けた。

「遺体は警察で検死解剖に付され、その後、ご遺族へ返されます。その後、当然、密葬のような形になりますが、一般の生徒や父母の方々へ向けて、学園葬を行うことにします」

と、全員の顔を見回し、「その葬儀のために、協力してくれる方を選びたいと思います。中学部として、葬儀委員に竜野先生、お願いします」

竜野は、呆気《あつけ》にとられていて、ただ、

「分りました」

と答えるのが精一杯だった。

「色々問題はあります」

と、啓子は疲れた様子で、「当然、マスコミはこの事件について取材しに来るでしょう。もちろん、弓削さんは理事長で教師だったわけではないので、問題になることはないと思いますが……」

「他殺とおっしゃいましたが、犯人は捕まっているのですか？」

と、一人が訊いた。

「いいえ」

「すると――」

「犯人が誰か、分っていません。ただ、殺されたのがご自宅でないということは分ってます」

「どこか……外で？」

「ええ、――隠しておいても仕方ないので、申し上げておくと、ある女性のマンションでした」

ため息が洩《も》れた。

「――そのことも報道されるんですね」

「当然そうなるでしょう」

「じゃ、生徒たちへ、どう話せばいいんでしょう?」

啓子は、少し間を置いて、

「――中学生というのは、難しい年代です。大人のことをよく分っていて、そんなものよ、と思う子と、強く反発する子と、両方あると思います」

と言った。「でも、隠して、知らんふりをするのが一番悪いと思うのです。事実は事実で、認めなくてはなりません」

教師たちは重苦しく黙り込んでしまった。

「――事実を淡々と告げるしかないでしょう」

と、竜野は言った。「少なくとも、他から――あるいはTVからそのことを知るより、我々の口から聞いた方が、いいと思います」

「同感です。ありがとう」

と、啓子は言った。「今の竜野先生のお話のように、事実を包み隠さずに話しましょう。

分っていること、分らないことも。その上で、マスコミの取材には応じないように、伝えて下さい。協力しないというのではありませんが、どんな形で活字になり、TVに出るか、予測がつきます。それは避けたいですね」

「分りました」

と、竜野は肯《うなず》いた。

「昨日の参観でお疲れなのに、ご苦労さまでした」

啓子はていねいに礼を言って、解散した。

たちまち、教師同士、

「相手の女って誰だ？」

といった話が広まる。

「竜野さん」

と、啓子が呼んで、「お昼休みに来て下さい」

「分りました――」

と、竜野は言って、危うく〈部長先生〉と付け加えそうになって、やめた。

すると、啓子はそれと気づいた様子で微笑むと、

「ありがとう」

と言った。

「わざわざ、うちの家内にまで」

「そう。だって、頼れるのはあなたぐらいしかいないんですもの」

と、啓子は言った。「そのあなたに、〈部長先生〉なんて呼ばれると、がっかりしちゃうの」

「疲れてるんですよ、先生」

「ええ……。またとんでもないことが起って」

何となく会議室に、二人きりで残った格好になる。

「何だか――静かね」

「そうですね。まだ登校して来るには少し早いし」

「世界中で、私たち二人きりみたい」

「大げさだ」

と、竜野が笑った。

すると――啓子が手にしていた書類を、投げ出したのである。そして、竜野にいきなり抱きついて、激しく唇を押し付けた。

竜野は仰天した。いや、びっくりするのも、少し後になってからだ。

離れると、啓子は息を吐いて、

「――口紅、拭《ふ》いておいてね」

と言った。

そして床に散った書類を拾い集めると、足早に会議室を出て行く。

竜野は、そっと唇に手をやって、今のが現実だったのかと確かめた。

すると、啓子がまた顔を出して、

「お昼休みに。忘れないで下さいね」

と念を押して消えた。

竜野は、我に返ると、あわててポケットティシューを取り出して、唇を拭いたが——何もついていなかった。


昼休みまでの時間が、とんでもなく長いように感じられた。

竜野は、昼休みになると、昼食をとる前に、部長室へと出向いた。

「——失礼します」

と、ドアを開けると、

「あ、どうぞ」

と、萩野啓子はいつもと少しも変りない様子で、「竜野先生、お昼はもう召し上ったんですか？」

「いえ、まだ……」

「そうですよね。まだチャイム、鳴ったばかりだし」

と時計を見て、「でも、せっかく来て下さったんですから、用件をすませてしまいましょう」

「はあ……」

「弓削理事長の学園葬のことで、今日、放課後に各部の代表が集まって打ち合せをするそうなので、申しわけありませんが、出て下さる？」

「もちろんです」

「よろしく。――かけて下さい」

啓子は、ソファをすすめて、「生徒たちの反応はどうですか？」

「理事長というのは、生徒に身近ではありませんからね。へえ、という感じで、あまり関心がないようです」

と、竜野は言って、「ああ、もちろん棚原弥生は別ですが」

「彼女は何か特別なことでも……」

「いえ、黙っていました。生徒の中でも、棚原弥生が理事長宅にいたと知っていた者はほとんどいないと思いますし」

「そうですか。じゃ、特にネガティブな反応は――」

「それはありません」

「それなら、とりあえず安心ですね」

啓子は、ちょっと息をついて、「実は——賀川涼子の話、憶《おぼ》えていらっしゃるでしょう？」

「ああ、体育館の裏で聞いたとかいう……」

「ええ。誰かに毒を盛って殺してくれ、ということのようでしたね。ところが——弓削理事長が、正に毒物で亡くなっているんです」

竜野は、初めて今朝の出来事を忘れた。

「つまり……誰か、うちの生徒が弓削さんを殺したとでも？」

「それは分りません。でも、可能性としては、あり得ないことではないのです」

「それにしても……」

「後は警察の捜査の進展を見守るしかないんです」

「確かに」

と、竜野は肯いた。

そして——少し間があって、竜野は落ちつかない気分になって来た。

「あの……食事に行ってもよろしいでしょうか？」

「ええ、どうぞ、——ただ、一つだけ」

と、啓子は言った。「授業参観で、先生は授業を中断して、廊下へ飛び出したそうですね」

「は……。申しわけありません」

と、竜野は目を伏せた。

「別に謝っていただくことでも――」

「いえ、とんでもないことです！　してはならないことで……」

「何か、特別な事情がおありだったんでしょ？」

「確かに――参観にみえた方の一人が、思いもかけない、昔の知り合いだったものですから……」

と、竜野は言った。「自分を抑えられなかったんです。申しわけないと思っています」

「どんな事情か、話して下さるわけには――」

「今はまだ……。真実を知っているとは言えないので」

「じゃあ、話せるときが来たら、話して下さる？」

「もちろんです。――お約束します」

「分りました」

と、啓子は肯いて、「もう食事に行かれて下さい。すみませんでした、お昼休みに」

竜野は半ばホッとして、半ばいささか拍子抜けの感もあった。

一礼して、部長室を出ようとすると、

「私のこと、変だと思った？」

「萩野先生——」

「私は竜野先生によく夢の中で抱かれていますわ」

竜野は、もう一度礼をして、部長室を出た。

心臓がドキドキして、少し貧血気味である。

もちろん、分っている。萩野啓子も女で、そして竜野とは何でも言い合える仲。同じ年齢、長い同僚としての生活。——竜野も、啓子を女として見たことがなかった、と思う。

——ふと、竜野は棚原弥生が廊下に一人で立っているのを見て、足を止めた。

「棚原。どうした」

「あ、先生……」

「大変だろうな、弓削さんがあんなことになって。これからどうするんだ？」

「分りません」

と弥生は首を振って、「でも、先生、こんなこと言っちゃいけないのかもしれないけど……」

「何だ」

「私、ホッとしてるんです」

「ホッと？」

「何だか……あのお宅での暮しって、息が詰りそうだったから。でも、今度は、奥さんと二人です。どうしたらいいのかしらって思って、迷ってるんです」

「そうか……。何かと気づかれするだろうな。どこか他に行く所はないのか」

「おばあちゃんの所くらいですけど。――でも、どうしてだか、おばあちゃんは私と暮すの、気が進まないみたいなんです」

「そうか」

「――先生」

「うん」

「おばあちゃんのこと、知ってるんですね」

竜野は、弥生の面立ちに、ある女性の影を求めて眺めながら、

「――ああ、知ってる」

「どうして？」

「ここじゃ話せない。それに、君のおばあさんと話してみないと、僕にも分らないところがあるんだ」

「じゃ、いつか話してね」

「ああ」

「約束ですよ」

「約束する」

「良かった！」

弥生はホッとした様子で、廊下を急ぎ足で行ってしまった。

竜野は、その後ろ姿を見送って、いつの間にか微笑んでいた。そして、

「いけね。昼を食べそこなうところだった」

と呟《つぶや》くと、急いで歩き出した。

8　飛　ぶ

「課長――」

と、片山は声をかけようとして、栗原《くりはら》が何やら難しい顔をして考え込んでいるので、少し遠慮して間を置くことにした。

しかし、栗原の様子を見ると、どうも、その「悩み」が終りそうもないので、

「すみません、課長」

と、思い切って言った。

「何だ」

栗原は、警視庁の捜査一課長として、最前線にいるのだが、その割にピリピリしていないところが、片山にも話しやすい。

「お忙しいところ、申しわけないんですが」

「大して忙しくない。何の用だ？」

「でも……何か今、唸《うな》ってらしたんでしょう？」

「そうかな。――うん、絵の構図を考えていたんだ」

「絵の構図ですか……」

「月の光を浴びて狼に変身する前の女性というテーマなんだ」

「狼女ですか。凄《すご》い迫力になりそうですね」

片山は、この絵の大好きな課長のおかげで色々事件にも巻き込まれているのだが——それはそれとして、

「例の弓削春夫殺しのことで、報告しろとおっしゃっていたので」

「ああ、そうか。元大蔵大臣だな」

と、栗原は肯《うなず》いて、「うちの女房は終身大蔵大臣だがな」

「はい、ひ素系の毒物でした。レモネードを、風呂《ふろ》上りで一気に飲んで、ほとんど即死だったと……」

「ふむ。——で、そのマンションの女は、まだ行方が分らないのか」

「はあ」

「晴美君の友人だそうだな」

「そうなんです。——しかし、どうも清川昌子が犯人とは思えないんですが」

と、片山は言った。「犯人なら、自分で僕らへ連絡して呼んだりしないと思うんです」

「うむ。道理だ」

「ともかく、なぜ姿をくらましているのか、発見して訊《き》くしかありません」

「他に犯人らしい人間は？」

「今のところ具体的には……」

「分った」

栗原は肯いて、「——片山」

「はあ」

「どうやら、上の方から、弓削春夫殺しについては、そこそこに捜査しろと言って来ているらしい」

片山は当惑して、

「何のことです？」

「つまり、犯人が見付かるのは結構だが、もし見付からなけりゃ、それでもいい。無理するな、ということだ」

「無理しなきゃ、捜査になりません」

「分っとる。好きなようにやれ」

これで、なかなかいい所がある。絵さえ描かなきゃ、いい課長なのだが……。

デパートの屋上。

晴美は、手にした写真と、目の前の風景を比べて、

「ここだわ」

と、呟《つぶや》いた。

平日だが、小さい子供が何人か、母親に連れられて来て、遊んでいる。

晴美は、周囲を見ながら、屋上をゆっくりと歩き回ってみた。

しかし、どこにも知った顔はない。——いや、もちろん、この写真そのものが、よく意味が分らないのだが……。

午前中、ふとアパートの玄関の辺りで音がして、行ってみると、ドアの下へ、この写真が差し込まれていたのである。手紙もメモも、何もない。

ただ、どこかのデパートの屋上らしい、ということが分るだけだった。

しかし、晴美は、

「昌子からだ」

と、直感的に思った。

なぜ、と訊かれてもよく分らないのだったが、ともかく、仕度をしてアパートを出ると、この写真の場所を捜して、あちこち歩き回った。

ただ、遠景に見えているもので、新宿のデパートだと見当が付いたのだが、それでも、一通り回るのも楽ではない。

やっとここを捜し当てて、晴美の足は棒のようだった。

でも、どこにも昌子の姿はない。——思い違いだろうか。

「新手のデパートの宣伝だったら、ぶっ殺してやるから」

と、呟いて、ベンチに腰をおろす。

しばらくは立つ気にもなれない。

そうして二十分近く座っていただろうか。

「——お客様」

と、声をかけられて、ハッと我に返る。

いつしかウトウトしていたらしい。

「はい」

「片山様……でいらっしゃいますか」

「そうです」

「お電話がかかっております」

やっぱり！　晴美は急いで、その店員について行った。

屋上の案内所で電話を取って、

「もしもし。——もしもし、昌子？」

「分ってくれたんだ」

と、昌子の声がして、晴美は息をついた。

「良かった！――ひと言くらい、何か書いといてくれてもいいじゃないの」

と、文句を言うと、

「ごめん。でも、晴美は頭がいいしさ」

「何言ってるの！　ね、今どこなの？　ゆっくり事情を聞かせて」

「晴美――」

「あなたがやったなんて、兄も思っちゃいないわよ。姿を消したのも、何かわけがあってのことでしょ？　私になら話せるでしょ、何だって」

「晴美……。いい人ね、あなたって。友だちでいられて良かったわ」

「昌子……」

「最後に、晴美の声が聞きたかったの」

「最後、って……。どういう意味？――昌子！」

少し間があって、

「今、私、晴美を見てる」

と、昌子が言った。

「え？　どこで？」

「その屋上じゃないの」

「何ですって？」

「目を上げて、隣のビルを見てちょうだい」

晴美は、道をへだてた、隣のオフィスビルへ目をやって、そこに確かに昌子を見付けた。

道を挟んで、とはいっても、広い表通りではないので、顔がはっきり見えるほどの距離である。

「──昌子」

「晴美。気を付けてね」

「え？」

昌子は、隣のビルの屋上から、携帯電話でかけていた。金網を張った向うに、立っている。

「気を付けて、って、どういうこと？」

「充分気を付けてね。──私も、あの人の愛人になんか、ならなきゃ良かったんだけど……」

「昌子、そんな所で話してないで。ちゃんと会って話そう。ね？」

「晴美、元気でね。お兄さんと、お宅の猫ちゃんにもよろしくね」

「昌子──」

電話を切って、昌子は、金網をよじ上り始めた。

晴美は受話器を投げ出すと、

「昌子！」

と、大声で呼んだ。「やめて！——昌子！」

昌子は、金網を乗り越えると、外側の狭い出張りに下り立って、晴美に向って手を振った。

「昌子！　やめて！」

晴美は、息を呑《の》んだ。

次の瞬間、昌子の姿はもう消えていた。

晴美は、階段へと駆け出していた。夢中で走っていた。

急げば、昌子が地面に落ちるのに間に合う、とでもいうかのように……。

電話が鳴っている。

分っていたが、出ようという気になれない。

信代には、よくそんなことがある。——こうしなくては、と分っていることでも、体が言うことを聞かないのだ。

今も、竜野信代は、別に手の離せないことをしているわけではなく、ただTVをぼんやりと見ているだけだった。

古いドラマの再放送で、前にも見ていたから、筋がどうなるか分っていた。

それなのに、毎日見てしまう。――いや、分っているから、見てしまうのかもしれない。

少なくとも、そこには「安心感」があり、登場人物に対して、

「あんたはもうすぐ事故に遭うのよ」

とか、

「可哀そうに、恋人に捨てられるのよ」

といった「優越感」を持つことができた。

それは、何とも言えない暖さを、信代に与えてくれた。

――電話。

そう、電話だわ。

ドラマの中で鳴っているのかと思ったが、そうではなかった。

CMになり、まだ電話が鳴っていたので、信代はソファからやっと立ち上った。

「――もしもし」

と、出て、「どなたですか？」

クスリと笑う声。――女の子らしい。

「何ですか？」

と、信代は言った。「いたずらはやめてね」

大方、生徒だろう。中学生ぐらいの子は、よくこんなことをやるものだ。

信代も、かつては教師だった。よく分っている。

「切りますよ」

と、信代が言うと、

「竜野先生のお宅ですね？」

と、少女らしい声。

「ええ、そうよ。あなたは？」

「生徒です」

と言って、また笑っている。

電話口の回りに二、三人いるらしい。

「あのね――」

「先生、浮気してますよ」

と、その少女の声が言った。

「子供が、何を言ってるの？」

「本当だもんね。学校の中で、竜野先生、萩野先生とキスしてた」

「萩野先生って――部長先生のこと？」

「抱き合って、凄《すご》い強烈なキスしてたんですよ！」

「馬鹿らしい。――いたずらはやめて」

「本当ですよ！　訊《き》いてみて下さい」

弾《はじ》けるような笑い声。そして、電話は切れた。

「——本当に、今の子たちは！」

受話器を戻し、信代はソファへと戻った。

夫と、萩野啓子？

信代も萩野啓子のことは知っている。しっかりした、いかにも優秀な教師という印象の女性である。

今はしかも、中学部長。——夫とラブシーンをやっている暇などあるまい。

リモコンで、やたらチャンネルを変えていた。

いつの間にか、苛立《いらだ》っている。

教師の経験から、子供たちが嘘をついているかどうか、見当がつく。今の電話は……。

経験は、「本当だ」と告げていたが、一方で、「でたらめ」と思い込みたい自分がいる。

そう、何も知らなければ、何もないのと同じだ。——知らないことにしよう。

また電話が鳴った。

出たくない。出る必要なんかない。放っておけばいい。

そう思いながら、いつしか信代は受話器を取り上げていた。

「——信代か」

「あなた……」

「今夜、遅くなる。亡くなった弓削理事長の学園葬の打ち合せなんだ」

「そう。ご苦労さま」

「できるだけ早く帰るようにするからな」

「ええ」

「あの――倉田靖子さんから電話、なかったか」

「ないけど……。さっき、生徒さんが電話して来たわ」

「生徒？」

「ええ。名前は言わなかったけど」

「仕方ないな。テストをどうにかしてくれとか、そんなことか」

「いいえ。あなたが、部長先生とキスしてるのを見た、って。中学生の女の子って、今はませてるわね」

間があった。――恐ろしい間だった。

「もしもし、あなた？」

「ああ、聞いてる。いいか、そんなのはでたらめだぞ。気にするな」

「分ってるわ」

「全く、仕方のない奴だな」

「そういうことを言ってみたいのよ」

「部長室で、打ち合せをしてたから、そんなことを思い付いたんだろ。放っとけばいいさ」

「ええ」

「それじゃ」

と、夫が電話を切る。

——信代は、自分で受話器を戻し、フラッとソファへ戻った。

竜野が、一瞬たじろぐのが分った。息を呑むのが、伝わってきた。

それは、取りも直さず、話が本当なのだということだ。

キス？　キスがどうしたっていうの？

心配するようなことじゃない。そうよ。

信代は、リモコンで、さらに激しくチャンネルを変え続けた。

9　プレゼント

片山は、パトカーを降りて、人だかりの間をかき分けて進んだ。

「──晴美！」

と、声をかけると、

「お兄さん……。昌子が……」

と、晴美が力なく肩を落とす。

「うん。──しっかりしろ」

と、晴美の肩を軽くつかんで言った。

デパートと、隣のビルの間、そう広い道ではないが、デパートへの品物を納入するトラックが通る。今は通行止になっていた。

「何があったんだ？」

片山は晴美の話を聞くと、「じゃ、ここへ飛び下りたのか」

「そう……。道へ落ちて、そこへ大型トラックが──」

と、言葉を切る。

「そうか……」

「車輪に巻き込まれて、顔も何も分らなくなってたわ」

「気の毒に……。しかし、どうして自殺したんだろう？」

「妙なの。弓削春夫を殺したから、ってことじゃないのよ。そして、用心しろって言い遺《のこ》して。——妙でしょ？」

「うん……。実はな——」

片山は、栗原の話を教えてやった。

「じゃあ、弓削の死に、何か怪しいところがあるのね」

「その辺を、あまり深く探るな、ってことらしい。もしかすると、清川昌子の言ったことも、そういう意味かもしれない」

晴美は顔を真赤にして、

「許せない！　こうなったら、とことん調べてやりましょ！」

「ああ、納得のいかないままで片付けたくないからな」

片山は晴美の肩を叩《たた》いて、「そうカッカするなよ」

「生れつきよ」

と、少し照れたように、晴美は言った。

「――まず、どうして昌子が弓削の愛人なんかになったのか、ってことだわ」

と、晴美は言った。

大分落ちついた晴美は、片山と二人でコーヒーを飲みながら言った。

「もともと、そういう子じゃないのよ。いくら弓削を好きになった、って言っても、あんな風に面倒をみてもらう必要ないんだから」

「そうだな。恋人なら恋人で、自分も働いてればいいわけだ」

「そうでしょ？　ああいう形で『愛人』になってたっていうのは、特別な事情があったのよ」

「――金か」

と、片山が言った。

「お金？」

「他にあるか？　自分はともかく、彼女の家族とか、兄弟、それとも――本当の恋人とか……。金の必要なところがあったのかもしれない」

「私、昌子の家族に当ってみる」

と、晴美は肯《うなず》いてメモを取った。

「弓削を毒殺した人物は別にいると思うべきだろう。ということは――あのマンションで弓削は彼女以外の誰かと会ってたってことだな」

「誰かが訪ねて来てたのかも。——弓削の仕事の関係の人間ってことも考えられるわ」

「うん。大臣でもないし、頭取でもない弓削が、何をやってたのか、ってことだな」

片山は考え込んで、「政界の裏の事情に詳しい人間に当ってみよう」

「そうね。N女子学園の理事長じゃ、大したことはなさそうだものね」

「ただ——あの『毒薬で殺す』という話。あれが、何か係《かかわ》ってるとしたら、そうも言ってられない」

片山は、携帯電話が鳴り出して、「おっと……。こんな物持つと、困るよな。——もしもし」

「あ、そちらに片山さん、いらっしゃいますか」

「何だ、石津か」

「片山さんですか！　いや、ちゃんとつながるもんですね」

と、石津が感心している。

「何の用だ？」

「あの、今、アパートなんです」

「アパートって……うちの、か」

「勝手に上ってます」

「いつものことだろ。それで？」

「ちょうど宅配の荷物が来まして」

「受け取っといてくれよ」

「ええ、見たら、〈要冷蔵〉となってたんで、開けてみたんです」

「フルーツか何かか？　そんな物送ってくる心当りはないけどな」

「中身が、冷蔵庫に入れても仕方ないものなんです」

「何だ、そりゃ？」

「札束です」

「札……。サ、サツマイモじゃなくて？」

「札束なんです。箱一杯の。――どうしますかね？　やっぱり冷蔵庫に？」

「すぐ行く！」

片山は、そう言って、あわてて立ち上ったのだった。


「ふざけた話ね！」

と、晴美は怒りっ放し。

「全くだ。――一体誰がそんなもの、送ってよこしたんだ？」

片山は、車を停めた。

「アパートはまだよ」

「通れない」

「え？」

晴美は、行手に車が何台も停って、道がふさがれているのを見て、「何なのかしら？」

「さあ……。ともかく、降りて歩こう」

片山は車をわきへ寄せて、降りた。

並んだ車の隙間をすり抜けて歩いて行く。

そろそろ午後の買物の時間で、ショッピングカートを引いている奥さんが、

「通れないじゃないの、これじゃ」

と、文句を言っていた。

「――お兄さん」

「うん」

「これって、もしかして……」

「あのアパートへ来たんだ」

片山は足を止めた。

アパートの入口が、人でごった返している。

カメラマンや記者。――この車は、みんな新聞社やTV局のものだったのだ。

「何があったのかしら？」

と、晴美は言った。

片山も不安になる。まさか、とは思うが……。

「石津さんが——」

「いや、あいつはともかく、ホームズの身に何か……」

「そうね」

二人は、その人垣に向って突進した。

——何とかかき分けてアパートの中へ入ると、二階へ駆け上る。

やっぱり！　片山の部屋のドアが開いたままだ。

「ホームズ！」

と、片山は中へ飛び込んだ。

「ニャー」

と、ホームズが出迎える。

「無事だったのか！」

片山は思わず胸に手を当てた。「びっくりさせるなよ」

「ニャー」

そっちが勝手にびっくりしてんだろ、とでも言っているのだろう。

「お兄さん」

と、晴美が言った。

見知らぬ男が二人、目の前に立っていた。

「片山義太郎さん？」

「そうですが」

「金を受け取ったことは分ってるんだ。素直に出して下さい」

「金？」

部屋の中を、数人の捜査員が徹底的に捜し回っているのだ。

「お帰りなさい」

と、石津が出て来た。

「石津――」

片山の足に、ホームズがちょっと爪を立てた。「お前――。何してるんだ？」

「留守番してたら、急にこの人たちが」

「刑事が買収されるようじゃ、世間に申しわけないからね」

「買収、ですか」

片山は、石津の落ちついた表情を見て、大丈夫なのだと察した。

「でも、どこにお金があるんですの？」

と、晴美が言った。「買収されてれば、もう少しいい暮しをしてますわ」

すると、奥から、

「あったぞ！」

と、声がした。「通報通り、フルーツの箱です！　札束が——」

「よし、持って来い！」

「でも……あの……」

「何だ、早く持って来い！」

捜査員が、フルーツの箱を持って来た。

「中身は？」

「札束は札束なんですが……」

捜査員が取り出したのは——キティちゃんの顔の入った、〈こども銀行〉の札束だったのである。

「——誰かが冗談で送って来たんだと思ったんです」

と、石津が言った。

「いや……誠に申しわけない」

捜査員は、何度も詫《わ》びて、帰って行った。

報道陣も、

「馬鹿らしい！」

とブツブツ言いながら引き上げて行き、三十分近くたって、やっとアパートの前は静かになった。

「――やれやれ」

と片山は言った。「石津、よくやったな」

「いえ、ホームズさんが」

「ホームズが？」

「僕を引張って、オモチャ屋へ行き、あのオモチャのお札をあるだけ買ったんです」

「罠《わな》ね、これは」

と、晴美が言った。

「金を送って、同時に通報し、おまけにマスコミにまで。ごていねいな話ね」

「これはきっと、俺たちを捜査から外すための企《たくら》みだな。――ホームズ、助かったよ。もし本物の札束が出て来たら……」

と言いかけて、「石津、それじゃ本物の札束はどうしたんだ？」

「ええ、書いてあった通り、〈冷蔵〉してあります」

冷蔵庫を開けると、石津は包みを取り出した。

「――本物の百万円の束ね。二千万か三千万か、ありそう」

「どうするかな。見付かると厄介だ」

「食べますか」

「山羊《やぎ》じゃないぞ」

「いえ、レストランで、三千万円分――」

「いくらお前でも食えるか」

「栗原さんに任せたら？」

「そうか。よし、そうしよう。――この札から何か分るかもしれないしな」

片山は、もう一度包んで、「じゃ、いたまないように、もう一度冷蔵しとこう」

と言った……。


「石津、お前、弓削春夫のことを調べてみてくれ」

「分りました」

「とんでもない理事長ね」

と、晴美は腹を立てている。

「――もう一皿、肉を追加しよう」

しゃぶしゃぶの鍋《なべ》の傍には、空《から》になった皿が、何枚も積み上げられていた。

もちろん、石津が、

「好きなだけ食べろ」

と言われて、張り切っているのである。

「ニャー」

ホームズも、熱いのをもらって、ハフハフ言いながら食べている。猫舌である。

「——あの棚原弥生って子も、どうして弓削の所にいたのかしら」

「うん、気になってるんだ。あの未亡人ともゆっくり話してみよう。何といっても、一番よく、弓削のことを知ってただろうからな。——おい、野菜、もう取ろう」

片山は、あくを取りながら言った。

「ご苦労さまでした」

と、萩野啓子は言った。

夜の構内を、中学部へ戻って行く二人——啓子と、もちろん竜野である。

弓削の学園葬の打ち合せが、大学であったのだ。

「——大変ですね、先生も」

と、竜野は言った。

「次の理事長も決めなきゃいけないし、まあ色々大変ですわ」

「僕は、教師だけやってるのが向いてるな」

「私だって……。でも、損ですわ。独りだと時間があると思われて」

竜野は、何も言わなかった。

一旦《いったん》、職員室へ戻ると、竜野は帰り仕度をして、そのまま行ってしまおうとしたが、やはりそうもいかず、

「萩野先生」

と、声をかけた。「お先に失礼します。――先生」

部長室のドアをノックして開けると、啓子が机に向って仕事している。

「ごめんなさい。――聞こえなくて。どうぞお先に」

「まだ仕事ですか」

「明日、時間がないので、やって行きます」

「ご苦労さまです」

竜野は、もう一度、「お先に」

と、会釈して、部長室のドアを閉めた。

――ホッとした。

あのキスは、何だったのだろう？

ともかく、生徒に見られたというのはまずかった。

竜野は信代のことが心配だった。また、何かなければいいが。

通用門を通って通りへ出ると、

「竜野さん」

と、呼ばれて足を止めた。

「倉田さん……」

倉田靖子が、和服姿で立っている。

「お待ちしていましたわ。——お話しするときが来たようです」

竜野は、信代のことも気にかかっていたが、倉田靖子の話を後にすることはできなかった。

「じゃ、どこか、静かに話せる所で」

「ええ、そのつもりですわ」

倉田靖子は、待たせてあった車の方へ、竜野を促して、歩き出した。

「——静かね、学校という所は」

と、靖子が言った。

10　絶望

「やあ、暑いですね！」

と、声をかけたのに、向うは返事をしてくれるどころか、黙ってそっぽを向くと、重い荷車を引いて行ってしまった。

「──何だ。忘れちまったのかな」

竜野康夫は、肩に食い込む肩紐《かたひも》の痛さも大して気にしていなかった。そんなことより、駅を降りてここまで歩いてくる間、すれ違う人、出会う人、それぞれに会釈してみたり、顔に覚えのある相手には、今のように声をかけてみたのだが、誰一人として竜野にきちんと挨拶《あいさつ》を返してくれる人がない。そのことの方が気になっていた。

──確かに、この小さな片田舎の村で、竜野のような都会から来た「学者」が浮いた存在になるのは仕方のないことだ。

しかし、何度も足を運び、根気良く接している内、何人かの村人が暖く迎えてくれるようになっていたことを、竜野は喜んでいた。それがまた、今……。

気にしないことにしよう。大方、何か面白くないことでもあったのだろう。

何でも厄介事は「東京から来た、あの妙な若者のせい」にしておけば村は平和というものだ。

竜野は、ジリジリと肌を焼くような炎天下、倉田家の屋敷へと歩き出した。——千草に会える。

そう思うと、暑さも、肩に食い込む紐の痛みも気にならない。——二十四歳の若さは、「恋」が何でも忘れさせると信じさせていた。

村はすぐに終り、林の中の細い道を辿《たど》って行く。虫の音が絶えず、木かげを渡る風の心地良さは、大きな誘惑だったが、さらに、二キロ先の白塀の中の屋敷で彼を待ちうけている倉田千草は、強力な磁力で竜野を引き寄せているのだった……。

汗が首筋や背中を伝い落ちたが、大して気にもならない。

博士論文のための資料として集めた数十冊の本は、ずっしりと重く、しかし、それは嬉《うれ》しい重さだった。

竜野には自信があった。これで博士論文に合格する自信がある。

それは、千草を妻として迎える日が来ることを意味していた。

田んぼと林の中を抜けて、やがて倉田家の長く、まぶしい白さを放つ塀が見えて来た。

初めてここへやって来たときは、精一杯身構えて、圧倒されまいと必死だった。その緊張は、今も消えたわけではないが、今は千草という女《ひと》のためなら、どれも大したこととは思えないのである。

「──失礼します」

と、いつも開けっ放しの玄関から、竜野は声をかけた。「どなたか、いらっしゃいますか」

少しぐらいの声では、この広い屋敷の奥まで届かない。竜野は、もう一度、

「ごめん下さい」

と、声を張り上げた。

だが、屋敷の中はシンと静まり返って、人のいる気配がない。どうしたのだろう？　いくら田舎といっても、この様子は──。

そのとき、

「竜野さん？」

と、背後から声をかけられて、びっくりして飛び上る。

「あ……。どうも」

「いつ、帰ったの？」

倉田靖子は、暑さの中でも、汗一つかいていない様子だった。

「今、着いたんです。どなたもいらっしゃらないみたいで……」

「ええ、そうなの」

千草の母親は、ふと竜野から目をそらした。「暑いでしょう。お上りなさい」

「はあ……」

竜野は、この母親が苦手である。むろん、娘にプロポーズした男が、安月給の大学の助手では、この地方きっての名家の主人として、大歓迎というわけにいかないのは仕方ないことだ。

夫を早く亡くし、その後、この家を守りつつ、一人娘の千草を育て、東京の大学へやった気丈な女性で、のんびりした竜野が苦手なのも当然と言えた。

「さ、上って」

「はい。――お邪魔します」

竜野は重いバッグを上り口に置いて、倉田靖子について上った。

長い長い廊下。

初めてここへ来たとき、緊張のあまり足を滑らせて引っくり返ったことを憶《おぼ》えている。

「――千草さん、お出かけですか」

と、途中で竜野は訊《き》いてみたが、返事はなかった。

「どうぞ」

奥まった小部屋の襖《ふすま》を靖子が開けて言った。

「はあ……」

中へ入って――いきなり、千草の笑顔が目に飛び込んで来た。大学で初めて彼女と会ったとき、あの笑顔を見せていた。一瞬の内に、竜野を捉《とら》えてしまった笑顔だった。

しかし、今、その笑顔は写真の中におさまっていた。――黒いリボンをかけた、モノクロ写真の中に。

竜野はペタッと畳に座り込んでしまった。

「――急だったの」

と、靖子は言った。「苦しむ間もなかったわ」

「一体何が――」

「心臓が悪かったようなの。本人も知らなかったのよ」

と、靖子は言った。「ひどい風邪をひいて高い熱が続き、これは入院でもさせた方が、と思ったのだけれど、当人が『風邪ぐらいで』と言うものだから……。それが突然意識を失って、その夜一杯も、もたなかった……。あなたへ知らせようとしたけれど、どこに泊っているかも分らず、連絡もなかったから……」

竜野は、写真と、その前に白い布に包まれて置かれた骨壺《こつつぼ》を見上げた。

涙も出ない。これは夢か。そうに決っている！

あんなに元気だった千草が……。

こんなことがあっていいものか！

「村の人たちも、あの子を可愛がっていたからね」

と、靖子は首を振って、「今は村中が喪に服しているのよ」

それで、誰も竜野へ声をかけなかったのか……。

「あの子を可愛がって下さってありがとう」

と、靖子が頭を下げる。

「いえ……」

「これも、縁がなかったのだと諦《あきら》めて下さい。せめてお線香なり……」

「はい……」

竜野は呆然《ぼうぜん》として、写真の前に手を合せ、そして――急にこみ上げて来た涙の発作に、身を任せたのだった。


「あれが――」

と、竜野はビールを注いだ冷たいグラスを一気に空にして、「すべて嘘だった、ってわけですね」

――広いホテルの庭園の中に作られた「離れ」の中は、竜野と倉田靖子の二人きりだった。

都会の真中とは思えないような、静けさである。どこかで水の流れる音がしていた。

「恨まれても仕方ないと思ってますわ」

倉田靖子は、自分もビールを一口二口飲んで、「あのときは、ああするしかなかったんです」

「恨むも何も……。ついこの間まで、千草さんは死んだとばかり思ってたんですからね」

と、竜野は苦笑した。「恨むのなら、これからです」

「でも、あなたも奥様がいらっしゃる」

「ええ。子供はありませんが。──何だったんです？　村中の人があの『お芝居』に加わったとおっしゃるんですか？」

倉田靖子は、少し間を置いて、

「倉田家は、あのとき、破産寸前だったんです」

と言った。「土地も屋敷も、抵当に入っていて、あと十日とたたない内に、差し押えられてしまうという瀬戸際でした」

「──初耳です」

「もちろん、外の人には極秘になっていましたからね。でも、私はあの夏、何とか倉田家を救おうと必死で駆け回りました。でも、すべてむだでした」

「──それで？」

「地元選出の議員さんをお訪ねして、何とか助けていただけないかとお願いしたんです。主人が、その先生の若いころ、ずいぶん後ろ盾になってあげていたのです」

靖子は、かすかに笑みを浮かべて、「でも、傾きかけた家には冷たいもので、その方も、『僕の力じゃ何とも』とおっしゃるばかりでした」

「でも、結局は——」

「ええ、そうです。諦めて、その方のお宅を出るとき、ふとおっしゃったんです。『あんたの所に、娘さんがいたね』と」

「千草さんのことですね」

「私も、何を言われているのか、よく分からなかったんですけど、『おります』と申し上げると……」

靖子は、言葉を切って、ビールのグラスを一気に空《あ》けた。

「まさか……」

と、竜野は呟《つぶや》くように言った。

「その方ではありません。もっと力のある、有力者でした。その人が、その議員さんと、あの村を訪れたことがあって、そのとき、高校生だった千草を見て『可愛い子だ』と、くり返しおっしゃっていたということです。もしかしたら、力になって下さるかもしれない、ということで、会う手はずを整えて下さったんです」

竜野の顔から血の気がひいていた。その先は聞きたくなかった。しかし——一度は聞かねばならない。

「その方は、話を聞いて、しばらく考えておられました。それから、電話を二、三本かけられて……。倉田家は救われたんです。その後に、『無理に、とは言わない』と、おっしゃいました。『あくまで千草君の気持次第だ』と……」

「同じことでしょう」

と、竜野は言った。「結局、千草さんをその政治家へ差し出して、家を救った。——何てことを！　家なんか、焼いてしまえば良かったんだ！」

「あなたには分りません」

と、靖子は言った。「脈々と続いて来た『家名』を失うことの恐ろしさは、そこに生れ育った者にしか、分らないのです」

「千草さんは納得したんですか」

「もちろん、激しく拒んで泣きましたけど……。最後には分ってくれたんです」

「もう、彼女はこの世にいないわけですからね。何とでも言える」

「信じて下さい。——ただ、その代り、このことを決してあなたに話さないでくれ、と言ったんです」

靖子は、一番言い難《にく》い箇所を通り過ぎてホッとしたのか、少し楽な表情になっていた。

「でも、あなたに知れずに、千草がその先生の所へ行くなど、とても無理だと思いました。若いあなたに本当のことをお話ししても分ってはもらえないでしょうし」

「それで……」

「誰からともなく、『千草さんが亡くなったことにしよう』と言い出し、それにみんなが賛成したんです。——村の主だった人たちにも集まってもらい、話をしました。村の人たちにとっても、倉田家が潰《つぶ》れたら、後がどうなるのか、とても恐ろしいことだったんです」

「みんなで僕一人を騙《だま》すために？　ご苦労なことですね！」

「あなたが途中通過する駅から連絡が入り、村に知らされました。——もちろん、私にも」

「位牌《いはい》まで作って？　呆《あき》れたな！」

と、引きつったような笑いを浮かべて、「後でみんなして大笑いしたんでしょうね。大酒で祝って、馬鹿な若僧のことを笑い合ったんですね」

声が高くなった。怒りがこみ上げて来る。自分でも意外なことだった。

「申しわけないと思っていましたよ。でも、千草が望んだんです。そうしてくれ、と。あの子が泣いて頼んだんです」

「分りました」

竜野は、不意に立ち上った。「もう充分です。ともかく、今では本当に彼女は死んでいる。そうですね」

「ええ。──竜野さん、待って」

外へ出ようとする竜野を、靖子は引止めて、「恨むなら、私を恨んで下さい。あの子に当らないで下さいね！」

一瞬、誰のことを言われているのか分らなかった。

「──棚原弥生君のことですね」

「そうです。あの子には何の罪も──」

「待って下さい」

竜野は遮って、「あの子は父親をごく最近亡くしたと言ってますが……」

靖子は、目を伏せた。

「つまり……弥生君は、棚原という人の子じゃないんだ。その『政治家先生』の子なんですね」

分った。──竜野にも、分った。

「そうか……」

「ええ」

と、靖子は肯《うなず》いて、「弥生の父親は、弓削春夫先生だったんです」

11　空席

「おい、片山。ここへ行ってくれ」

栗原警視に言われて、片山は、

「何でしょう?」

と、席を立ってやって来た。

「ここへ行ってくれ」

と、栗原はメモを渡した。

どこともよく分らない、都内の住所だけ。

「これ、どこなんです?」

「知らん」

と、栗原は肩をすくめて、「ともかく、その住所で捜して行ってくれ」

「それはいいですけど……。でも、何の用で行くんです?」

栗原は、少し難しい顔になって、

「俺も何度も訊《き》いた。しかし、行けば分る、と言うだけでな」

「誰がです？」

「警視総監だ」

――弓削春夫が殺されて、一週間が過ぎていた。

もともとマスコミにとって、「元大臣の死」はそれほど大ニュースではない。もうTVからも新聞からも、弓削の名は消えつつあった。

しかし、もちろん捜査は止っているわけではない。一向に進展のないのも事実だったが。

「片山」

と、栗原は声を少し低くして、「例の札束の件だが――」

「どうしましょう？　今、銀行の貸金庫へ入れてありますが」

「少し貸せ」

片山が唖然《あぜん》とすると、

「馬鹿、冗談だ！」

と、栗原は笑った。

ああ、びっくりした！――一瞬でも片山が本気にしたと知ったら、栗原は嘆くだろう……。

「その札束の話も出るかもしれん。あくまで知らん顔でいろよ」

「はい」

片山はそのメモをきちんと折りたたんで、ポケットへ入れた。「ここへ、すぐ行くんでしょうか」

「三時ということだ。まあ、遠くもない。三十分みれば充分だろう」

「では――」

「何か分ったことでもあるか」

と、栗原が訊いた。

「晴美が、死んだ清川昌子の家族や友人に当っていますが、言い含められてるのか、それとも本当に何も知らされていなかったのか、『何も知らない』の一点張りだそうです」

晴美は旧友の死に相当頭に来ている。きっと、手がかりをつかむまでは諦《あきら》めないだろう。

「そうか。晴美君にも、用心しろと言っとけ」

「はい」

片山は机に戻ると、二十分ほど仕事を片付けてから、出かけることにした。

外へ出ると、少し空気が湿っぽく、重い。曇り空は、梅雨のはしりかもしれないと思わせた。

住所だけで家を捜し当てるのは、仕事柄慣れているはずだが、片山は方向音痴を自任しているから、予《あらかじ》め詳しい地図を見ておいた。

地下鉄と私鉄を乗り換えて、二十分ほどで降りる。たぶん近くのはずだった。

確かなのは交番で訊くこと。——幸い、駅前に交番があった。

刑事が道を訊く、なんて恥だと言う先輩もいるが、むだな時間を節約できる。

退屈そうだった巡査は、喜んで調べてくれた。

「マンションですね」

片山も住所表示から、たぶんそうだろうと思っていた。

ていねいに略図まで描いてくれたのを持って、片山はそのマンションへと向った。

歩いて七、八分といえば遠くはないが、しかし——雨に濡《ぬ》れるには充分だ。

急に降り出して、片山はあわててガード下へ駆け込んだ。

「畜生……」

ほんのわずかの間だが、肩も濡れて冷たい。首筋にも雨が入って、ハンカチで拭《ふ》いた。

すぐ止んでくれるといいのだが……。

しかし、ただの通り雨と思ったのに、雨足は強くなるばかりで、三時という待ち合せの時刻に間に合いそうにない。

困った……。

風邪をひく、なんて言ってはいられない。

「仕方ない。濡れて行くか……」

片山は恨めしい思いでガードの端から雨空を見上げた。

するど、

「――入ってく？」

女の子の声に振り向くと、どこかで見たような子が傘をさして立っている。

「君、確か、あのクラスの……」

「あ、刑事さんだ、いつか授業参観に来てた」

と、少女も思い出したようで、「伊東清美です」

そう。見るからに頭のいい子だと思ったのを憶《おぼ》えている。

「刑事さん、どこに行くの？」

「この先を左に曲って少し」

「じゃ、同じ方向だ」

と、伊東清美は言った。「一緒に入ってって」

「悪いね。君も濡れるよ」

「大丈夫、すぐ乾くわ」

雨は少し弱くなっていた。

片山の方が背が高いので傘を持ち、二人はガード下から雨の中へ出て行った。

「君の家、こっちの方なの？」

「そうじゃないけど、ちょっと寄り道」

と、清美は笑みを浮かべた。

片山は、竜野がこの子の両親は離婚の係争中だと言っていたことを思い出した。

「あまり遅くならない方がいいよ」

「刑事として言ってるの？」

「年上の人間として、さ」

足早に歩いて、それらしいマンションが見えて来た。

「ここだな。——どうもありがとう」

片山はマンションの車寄せの下まで来て、「助かったよ」

「どういたしまして」

と、清美が傘をたたむと、雨が一筋に落ちていく。

「君——」

「私もこのマンションに用なの」

片山はびっくりした。——偶然か？

しかし、そんなことを考えている暇はなかった。もう三時を少し過ぎていたのだ。

「じゃあ……どうもありがとう」

「どういたしまして」

清美は、ロビーのソファに腰をおろして、傘をその腕に引っかけた。

片山はエレベーターの方へ行きかけて、

「清美君……だっけ？　ここで何してるんだい？」

と訊《き》いた。「いや、余計なことだとは思うけどさ」

「待ち合せ」

と、清美は言った。

「そう……。友だちか何かと？」

「知らない」

清美は、アッサリと言った。

「知らない人と？」

「うん。ここで待ってるように言われただけだもん」

「そうか……」

「遅いんでしょ？　早く行ったら？」

「そ、そうだね」

片山は、振り向き振り向き、エレベーターへと向った。

「五階の……〈505〉と」

ごく普通のマンションである。

静かに廊下を歩いて行きながら、あの清美という少女のことが心配だった。

知らない人と待ち合せてるって？　こんな所で？

――まさか、どこかの大人から金をもらって、このマンションのどこかで……。

まさか！　それなら、あんなことを言うものか。

しかし、あの子は頭がいい。却《かえ》ってそう思わせるのが狙いだったのかもしれない。

505号室のドアの前まで来て、片山はチャイムを鳴らそうと手を伸した。

――だが、今ならまだあの子はロビーで相手を待っているかもしれない。

ここへ入ったら、しばらくは出て来られないだろう。その間にあの子は――。

片山は、急いでエレベーターへと駆け戻った。

遅刻の方は、雨のせいとか何とか言いようがある。しかし、あの少女の方は、手遅れになってからでは遅い（当り前か）のだ！

一階へ下りると、

「どうしたの？　早いね」

と、まだソファに清美が座っている。

片山はホッとして、

「君のことが気になって……。君、まさかその……」

と、口ごもっていると、

「変な刑事さん」

と、清美は笑った。

「あのね……」

片山はふと思い付いて、「僕と一緒においで」

「刑事さんと？　どうして？」

「いいから。知らない人と待ち合せなんて、大した用じゃないんだろ」

片山は、清美の手をつかんで引張った。

「どこ行くの？　ねえ？」

「僕の用がすむまで待ってて」

エレベーターでまた五階へ上る。

「後でゆっくり話をしよう」

「後でね」

清美は、面白がっているような表情である。

片山は再び〈505〉のドアの前に立つと、チャイムを鳴らした。

しかし、返事がない。

「帰っちゃったんじゃない、相手の人？」

「まさか……」

片山はドアを開けてみた。——鍵《かぎ》がかかっていない。

「失礼します」

と、片山は声をかけた。

中は空室のように薄暗く、ひんやりとしていた。

「中に死体でもあるとか？」

と、清美は言った。

「いやなこと言うなよ」

「それとも、かげに誰かが隠れてて、いきなりガツンとやられるとか。よくあるじゃない」

「痛い思いをするのも嫌いだね」

片山は、玄関からもう一度呼んでみて、「上ってみる。君、ここにいなさい」

「うん」

片山は靴を脱いで上ると、正面の居間らしい部屋を覗《のぞ》いた。ドアは開け放したままである。

どうみても空室だな。——メモが間違ってたのか？

片山が居間へ入ろうとしたときだった。

玄関から、

「ニャー」

と、猫の鳴き声がしたのだ。

ホームズ？　びっくりした片山が足を止めて振り向こうとした瞬間、目の前へ、ビュッと空気を裂いて何かが振り下ろされた。

そのまま行ったら、もろに頭を一撃されていただろう。

「ワッ！」

片山はあわてて玄関へ戻った。

そして、ドアを開けて飛び出すと——。

「キャアッ！」

目の前に、晴美が立っていたのだ。

片山は、妹と抱き合うという心暖まる（？）状態のまま、廊下へ転ってしまった。

「重いわよ！」

と、晴美が怒鳴る。

「ホームズは？」

「中へ……入ってったんじゃない？」

晴美は一緒に起き上って、「何してたのよ、中で？」

「俺はこの子と二人で——」

と、片山はドアを開けて、「——あれ？」

「何よ」

伊東清美の姿がない。

片山はあわてて部屋へ上った。

ホームズが「ニャー」とベランダで鳴いた。

「隣のベランダへ逃げたんだ」

片山は、胸をなで下ろした。「ありがとう、ホームズ。助かった」

「でも、どうして誰もいないの？」

片山は、晴美へ、

「どうしてお前、ここへ来たんだ？」

と訊いた。

「栗原さんから連絡もらったの」

「課長から？」

「ええ。ここの住所へ片山が行ってるが、頼りないから行ってみてくれって」

妙な話だ。

片山は首をかしげて、

「そもそも、課長がここへ行けと言ったんだぞ」

片山は、ホームズの頭をなでて、「どうも変だ。伊東清美も消えちまった」

「伊東清美って……」

「そう。あのN女子中学の子さ」

片山たちは、ロビーへ降りると、栗原へ電話を入れた。

「もしもし。片山です」

ロビーから携帯電話でかける。

「おお、ご苦労さん」

と、栗原は言った。

「課長、変なんです。メモのマンションの部屋では誰かに殴《なぐ》られそうになって——」

「片山のことか。うん、困ったもんだ」

と、栗原が言ったので、びっくりして、

「僕が片山ですよ！　しっかりして下さい」

「うんうん。——まあ、写真まで撮られてはな」

「写真って……」

どうやら、栗原はわざと片山以外の人間と話しているように見せているらしい。

「——分ってる。片山のことは良く知ってるが、魔がさした、としか言いようがないな」

「どういうことなんです？」

「——ああ、実名だ。もう報道の方へも名前を出してる。色々言われるだろうが、仕方ない。俺が頭下げればすむことさ」

片山にも、ともかくただごとでないことは分った。

兄の様子に、晴美もそばへやって来て、

「どうしたの？」

と言った。

その声が聞こえたのか、栗原はさらに大きな声で、

「うん、アパートの方も今ごろ報道陣で一杯だろう」

と言った。「妹がいるからな、片山には。可哀そうな話だ」

「アパートへ戻るなってことですね」

「何といっても、俺の監督不行届きで、言いわけはできん。捜査一課の刑事が、女子中学生を無理やりマンションへ連れ込んだ、というんじゃ、面目が立たん」

片山は啞然《あぜん》とした。栗原はさらに一人芝居を続けて、

「いや、片山がこのことを知ってるかどうかは分らん。知ってれば、当然戻っては来ないだろう」

「分りました。アパートへは戻らないようにします」

「うん、そうしてくれ。まあ、人間誰しも後悔することの一つや二つ、やっとるもんだ」

「課長、それってもしかして――」

「また連絡してくれ。よろしく！」

「よろしく、じゃないですよ」

と、片山は文句をつけた。「じゃ、後でいいですから、連絡して下さいね」

「分った、分った」

と、栗原は言った。「――うん、もちろん、片山の席はもうないさ」

「は？」

――電話が切れて、

「どうしたの？」

晴美が、わけの分らない顔で訊《き》く。

「何だか……クビになったみたいだぞ、俺」

と、片山は言った。

12　仮住い

「とりあえず、ここで我慢してろ、ってことでした」

石津は、両手一杯の紙袋を畳の上に下ろした。

「どうやって寝るんだ？」

「貸布団を運びます」

と、石津は、力仕事ができるので結構楽しそうで、「ともかく、何よりまず腹ごしらえです！」

「お前が腹空《す》いてるだけだろ」

石津は、コンビニで買って来たお弁当などを畳に並べて、

「いや、ちょっとしたピクニック気分ですねえ」

「こんなピクニックがあるか」

片山はむくれていた。――その権利は充分にあったが。

「石津さんに当っても仕方ないわよ」

と、晴美はホームズを畳へ下ろした。「石津さんが来てくれなかったら、私たち三人、

路頭に迷うところじゃないの」

「しかしだな――」

「ともかく、石津さんじゃないけど、腹がへっては戦ができぬ、よ。ね、ホームズ?」

ホームズは、多少雨で濡《ぬ》れたせいか、少々シャキッとしない感じでブルブルッと頭《かぶり》を振った。

片山も仕方なく畳にあぐらをかいて座ると、石津が五つも(!)買って来た弁当から一つ選んで食べ始めた。

「――最近はコンビニのお弁当も馬鹿にできないのよね」

と、晴美が食べながら、「ホームズ、お魚よ。はい」

「いや、馬鹿にするなんてとんでもない!」

と、石津が早くも一つめの弁当を半分も空にしながら、「いつもお世話になりまして、って感謝したいくらいです」

それも何だか情ないようだが……。

張り込みのときなど、便利になったのは事実である。たいていの町中なら、二十四時間営業のコンビニで、温いものが食べられる。

――片山もやはり人間で、多少は空腹のせいで不機嫌だった、ということもあったらしい。

弁当を一つ平らげ、晴美が殺風景な台所の古ぼけたガスレンジでお湯を沸かしていれてくれたお茶を飲んでいる内、栗原への文句も多少おさまって来た。

「――ともかく、石津さんが栗原さんから聞いて来たことをまとめると……」

と、晴美が口を開いた。

「腹がへっては戦ができぬ、です」

「それはとりあえずいいの。――初めにお兄さんに渡した住所のメモ、そのものがすり換えられてたってことね」

「妙だよな」

と、片山は肯《うなず》いた。「警視庁の中ですり換えられたんだ。大体、犯人はどうして課長がメモをもらったことを知ってたんだ？」

「それと、初めにお兄さんが行かされるはずだったのはどこなのか、って問題もあるわ」

「石津、お前、ちょっと警視総監の所へ行って訊いて来い」

「分りました」

と、石津が立ち上りかけた。

「待て！　冗談だよ」

片山はあわてて止めた。何しろ素直もここまで来ると、「天然の皮肉」（？）と言ってもいい。

「そこは栗原さんがやって下さるわよ。後は、お兄さんをクビにして誰か得をする人間がいるかどうか、ってこと」

「俺に取って替りたい物好きはいないと思うけどな」

「そうねえ……。ただの平の刑事で、しかも給料も良くない。三十になっても結婚相手も見付からず、おっちょこちょいで女性恐怖症で高所恐怖症で――」

「おい、待て。俺の性格と何の関係があるんだ?」

「ついでに挙げただけよ」

「でも、片山さんにもいいところはあります」

と、石津が言った。「晴美さんのお兄さんだということです」

「それで俺をほめたつもりか?」

「ええ」

――片山はため息をついて、

「ともかく、はっきりしてる。目的は俺をクビにすることじゃなくて、今度の捜査を妨害することだ」

「弓削春夫殺しね。でも、私は弓削なんてどうでもいいの。昌子を死へ追いやったのが何だったのか、それを必ず探り出してやるわ」

晴美は力強く言った。

「及ばずながら、この石津も力になります」

「ありがとう」

「食べるものなら、毎日でも運びます」

「食べるものはともかく、今こっちで手がかりになるのはただ一つ、伊東清美だ」

「お兄さんがマンションへ引張り込んだ子ね」

「俺は引張り込んでなんかいない！」

「分ってるわよ。私に怒っても仕方ないでしょ」

「ともかく、あの子と会ったのは偶然じゃない。誰かがわざと俺と一緒の写真を撮らせたんだ」

「でも、当人にそんなこと訊いても――」

「本当のことは言わないだろう。――石津、あの子を見張ってくれないか。ともかく、表向きの優等生とは違う顔を持っているはずだ」

「分りました」

「――ともかく、今日はここで寝るしかないわね。何なの、この部屋？」

「この間の事件で、張り込み用にこの二階の部屋を借りたんだ。まだ家賃、払ってあるんだったな？」

「そうです。ですから、ここなら大きな顔で寝てていいと――」

「じゃ、布団を用意しよう。――今日はくたびれた」

「雨も上ったみたいですね」

石津がカーテンを開けて言った。――日の長くなるころだが、さすがにもう真暗である。

晴美が立って窓際へ寄ると、

「どこを張り込んでたの？」

と、表を見下ろした。

「その斜め前の食堂さ」

片山も立って行って、「――ここで一週間じっと動かずに見張ってたんだからな。後で考えると、よくやったもんさ」

「――あ、私、片付けるわ」

晴美が畳の上の空の弁当箱を重ねて紐《ひも》をかけながら、「それで、結局、犯人は現われたの？」

「結局、大阪で逮捕されたのさ」

「そんなものね」

「ああ、張り込みだって、必ず来ると分ってりゃそう辛《つら》くない。現われる確率なんか一〇パーセントもないくらいが普通なんだ。それでも――」

と、片山は言葉を切った。

晴美は、買物の紙袋の一つをクズ入れにしながら、

「どうしたの？」

「——え？」

「今、『それでも』って言って、急にやめちゃうから」

「あ、いや……。欠伸《あくび》が出たんだ」

「そんなに眠いの？　ホームズだって……。あら、もう隅で寝てる」

と、晴美は笑った。

「じゃ、布団を借りて来ます」

と、石津が出て行く。

片山は——幻でも見たんだろうか、と思った。

今、通りを見下ろしていると、街灯の明りの下で、足を止め、片山の方を見上げてニッコリ笑ったのは——伊東清美のように見えたのである……。

「——いない？」

と、竜野は訊《き》き返した。「ここにはいないということですか。それとも、どこかへ出かけたんでしょうか」

「先生」

と、弓削貞子は少し声を張って、「棚原弥生さんがここにいないからといって、私の責任なのでしょうか」

竜野は、思いがけない未亡人のきつい口調に、

「いえ、とんでもない」

と、首を振って、「そんな風に聞こえたのなら、お詫《わ》びします。私は今申し上げた通り、棚原弥生君が登校していないのと、こちらへお電話をさし上げても、どなたもお出にならなかったので、こうして伺ったわけでして」

「それはもう伺いました」

と、貞子はお茶を一口飲んで、「色々忙しいんですの、昼間は。亡くなった主人のことでも、色々後始末しなきゃいけないことがあって」

「それは承知しております」

と、竜野は言った。「すると、棚原君は、もうこちらでお世話になっていないということですか」

「もともと、あの子は主人が『可哀そうだから』と言って連れて来たのです。でも、本来でしたら、当人の血縁の方もあるでしょうに」

「確かに……。母方の祖母に当る人がおいでです」

「では、その人の所をお訪ねになったら」

竜野は戸惑っていた。

弓削春夫が死んで、未亡人が大変なのはよく分っている。しかし、今の貞子の態度は、疲労から来る苛々《いらいら》というのとは違っている。

むしろ、「元気さ」という点では、弓削の生前のころ以上だ。

「やはり妙なものだと思いましてね。親戚《しんせき》でも何でもない女の子を預かるなんて」

「それは分ります」

と、竜野は言った。「それでは、棚原君はどこへ行ったのでしょうか」

「存じません」

と、冷たく言って、「私、あの子の見張り役をしているわけではございませんので」

——なるほど、そうか。

竜野にも、やっと分った。

未亡人は、どうして知ったか分らないが、棚原弥生が死んだ夫の子だということを知った。

そうなれば、未亡人としては一日も早く弥生を追い出したいだろう。それは、「どこに住むか」だけの問題ではない。

もし、弥生が弓削春夫の実子と立証されたら、遺産に関しても、弥生から請求されることにもなりかねない。

「――分りました。夜分に突然お邪魔をして」

竜野は、すっかり生気を取り戻している貞子未亡人の前から早く消えてなくなりたかった。

夫が他の女に産ませた子、となれば面白くないのは当然かもしれない。しかし、子供には何の罪もないのだ。

――竜野は、その屋敷を出ると、

「やれやれ」

と、振り返って呟《つぶや》いた。

しかし、弥生はどこへ行ったのだろう？

倉田靖子の所か。――それしか考えられない。

いくら内心複雑なものがあるとしても、自分の孫には違いないのだ。

竜野は、夜道を歩き出そうとして――少し先の街灯の明りの中に、弥生が立っているのを見た。

幻か？　たった今、弥生のことを考えていたから――。

しかし、弥生は真直ぐに竜野の方へやって来た。

「棚原……」

「先生……。来てくれたの」

「お前……どこにいたんだ」

「友だちの家に泊めてもらって。でも——帰らなきゃいけないんだけど、私……」

と、目を伏せる。

「分ってる。もともと、弓削さんの所にいたのも無理だったんだ」

「先生、私——」

貞子から何を言われたのか、あるいは、自分の本当の父親を、聞いたのかもしれない。

「行く所がないのなら、僕の家へ来ればいい」

竜野の言葉に、弥生の目は大きく見開かれて、

「本当？」

と訊いていた。

「ああ。どうせ女房と二人だ。君一人ぐらい来ても、大丈夫」

「嬉《うれ》しい！」

弥生が突然竜野に抱きついた。

これは——生徒が先生を、いや、むしろ単純に「子供が大人を」抱いているだけなのだが、それでも竜野にとっては、何十年の空白が消し飛んで、かつてこの子の母親を腕の中に抱きしめた記憶が一気によみがえって来たのだった……。

13 妄想

そのライトバンは、何か妙に中途半端な速度で近付いて来た。と思うと——次の瞬間、晴美は前後を車から出て来た男たちに挟まれていた。

「騒がなければ、痛い思いはさせない」

スーツ姿の男たちの一人が言った。「おとなしく車に乗るか、それとも——」

「乗るわよ」

と、晴美は言った。「何よ、女一人に大仰ね!」

男たちは面食らった様子だった。

「じゃ、乗れ」

バンのスライドドアを開ける。

晴美は中へ入ると、二人の男に挟まれ、

「目隠しさせてもらう」

「どうぞ。クロロホルムかがせたり、なんてやめてね。匂いが消えなくて、あなたたちも苦労するわよ」

男たちは苦笑して、

「話にゃ聞いてたが、噂以上だな」

晴美は、飛行機の中でくれるようなアイマスクをされて、座り直した。

——もちろん、晴美だって怖くないことはない。

しかし、こういう直接暴力に出てくる連中を見ると、むやみに腹が立つのである。特にこの連中が、清川昌子の死と係《かかわ》っているのだろうと思うと。

——午後三時になろうというところ。

晴美は、昌子が勤めていたことのある会社を訪ねて、かつての同僚に話を聞いたのである。

結局、役に立つ話はなかったが、今日一日、どうも誰かに尾《つ》けられているような気がしていた。

こうして出て来てくれたのは、むしろありがたいようなものだ。

とはいえ、もしかして、どこかの川にでも投げ込まれるか、それとも美貌《びぼう》を買われて外国へ売り飛ばされるか（？）と思えば、気味悪いのは事実である。

車は、二十分ほどで停った。——周囲は静かで、タイヤが砂利を踏む音が聞こえる。

「——降りて」

目隠しのまま、手を引かれて、晴美はどこかの建物の中へ入って行った。

ひんやりとした空気。広い建物なのだろう。足音が響いた。

ドアの鳴る音がして、

「そこへ座らせろ」

と、声がした。

晴美は椅子に腰をおろした。

「目隠しのままだぞ、うん」

と、正面から男の声がする。

「それで、お話は？」

と、晴美は言った。

「説明するまでもないと思うが――」

「説明してよ！　そのために呼んだんでしょ！」

晴美の剣幕に相手はびっくりした様子で、

「それはまあ……そうなんだけどね、うん」

と、口ごもって、「つまりその……余計なことに首を突っ込むと危いってことだ、うん」

「さっぱり分んないじゃないの」

「分らない？」

「そうよ。何のことを言ってるの？　弓削春夫が殺された。愛人だった清川昌子は私の親友だったのよ。なぜ彼女が死んだのか、その理由を探るのをやめろってこと？　兄が、罠《わな》にはめられて、女子中学生と一緒のところを写真に撮られたわ。兄も名誉を回復しなきゃって張り切ってる。そのどっちの話？　それとも両方？　はっきり言ってちょうだいよ」

一気にまくし立てるように言うと、

「そんな……」

と、相手の男はブツブツ言っている。「話が違うよ、これじゃ……。だからいやだって言ったのに、うん……」

「何をブツクサ言ってんのよ」

「な、何も――ブツクサなんて言ってないぞ、うん」

「言いたいことがあるんでしょ。それならちゃんと言いなさいよ」

「だから、余計なことに――」

「その『余計なこと』が何か、って訊《き》いてるんでしょ。言ってくんなきゃ、分んないじゃないの」

「それもそうだけど……」

「あんたじゃ話になんないわ。上の人はいないの？」

「先生は出かけてらあ」

と言ってしまって、「あ、いけね」

相当に呑気《のんき》な相手である。

先生か。——政治家らしい。

「そ、それじゃ、ともかく君の言いたいことを聞くよ、うん」

晴美は、ちょっと眉《まゆ》を寄せた。

「あなた、もしかして……」

「え？」

「そう！　どこかで聞いた声だと思った！　おしまいに『うん』ってつけるくせ、といい
……。中村克士《なかむらかつし》君だ！　そうでしょ」

「え？　君……」

晴美はパッと目隠しを外した。

「やっぱり！」

「晴美ちゃんか！」

中学生のとき、「殴って泣かせた」二年年上の男の子である。

二人はしばし見つめ合っていた。

「——中村君、似合わないよ、こんなこと」

と、晴美は言った。「あなた今、議員さんの秘書なんでしょ」

ちっとも変っていなかった。少しおどおどと晴美の顔色をうかがう目つき、体を少し斜

めに構えて話をするくせ。

「昔のまま大きくして背広着せた感じね」

「かなわないな」

と、中村克士は苦笑して、「ちょっと脅したら、泣いて失神するから、って言われて

……」

「相手が悪かったわ」

「全くだ」

「ここ、先生のお宅？」

「その一軒。あちこちにあるんでね」

晴美は振り向いて、

「私を連れて来た人たちは？」

「先生の地元の若い奴だよ。帰りには送って行くから」

「恐れ入ります」

と、晴美は言った。「ね、中村君。何を怖がってるのか知らないけど、私も必要のない人の私生活まで暴くつもりはないわ。ただ、昌子の死の理由だけは、どうしてもはっきりさせておきたいの。それだけよ」

「うん……」

中村は肯《うなず》いた。「ま、晴美ちゃんじゃ、何言っても気は変らないだろうね」

「むだよ。分ってるでしょ」

中村は、ため息をつくと、

「三つ子の魂、百までって言うけど、晴美ちゃんは二百でも三百でも変らないだろうな」

「中村君だって、こんな役、似合わないわよ」

「うん。分ってるんだ、うん」

と、中村は言って、立ち上った。「ちょっと庭へ出よう」

「え？」

――庭園と呼びたくなる広さ。

「大したもんね」

と、晴美は木立ちの中を歩きながら言った。

「うん。――うちの先生は、若いころ凄《すご》く貧しかった。今、こうやって何軒も屋敷を買ってるのも、その若いころ、住む所がなくて家族で野宿したりしたっていう記憶のせいなんだ」

と、中村は言った。「ね、晴美ちゃん。一旦《いったん》手に入れたものを手離すまいとする、その執念って凄いんだよ、うん。――気を付けて。これを守るためなら、人殺しだってやりかねない」

急に、庭園の中が冷え冷えとした場所に感じられて来た……。

中村の言葉は、本心から出たものだと晴美には思えた。

「先生に言われりゃ、金次第で君を殺す人間なんてすぐ見付かる。——お願いだ。見せかけだけでもいいから、手を引いたように思わせてくれないか」

「中村君……」


萩野啓子は、ふと足を止めた。

校庭を元気に駆ける体操着の少女たちが目につく。

先頭を走っているのは——棚原弥生だ。

すっかり元気になって、一時無断で学校を休んでいたのが嘘のよう。

「ああ、クラブの練習なのね」

列の最後を、竜野がトレーナー姿で走っているのが見えた。

演劇部のトレーニングなのだ。

本当に——あの子供たちの輝かしい笑顔。

それなりに悩んでいることはあっても、生命力の方がずっと強い。子供というのは、そういうものなのだ。

でも、そう気付くころには、その一時期は遠い過去のものになって、二度と戻っては来ない……。

「部長先生」

事務室の子が呼びに来た。「お客様ですけど」

「お客？　どなたかしら……」

予定はなかったと思うが。――まあ、こういう私立校では、不意に訪ねてくる父母もいる。

「応接室でお待ち願って」

「はい」

啓子は一旦部長室へ戻ると、鏡の前で軽く服を直して、応接室へと向った。

「――お待たせいたしまして」

と、入って行って、「あら」

「いつも主人がお世話に」

と、竜野信代は立ち上って言った。

「まあ、びっくりした。どなたか伺ってなかったので。竜野先生、今校庭に――」

「いいんです」

と、信代は言った。「主人には黙って来ましたの」

「あの……何か？」

信代は、事務の子が出してくれたお茶をゆっくりと飲んで、

「棚原弥生という生徒さん、ご存知ですよね」

「ええ、もちろん」

「今、あの子はうちにいます」

「聞きました。ご両親が亡くなって、お祖母様《ばあさま》も引き取られたくないとか。――一時、学校へ来なかったりしたんで、心配したんですけど、今はもう、すっかり元気ですわ」

信代は硬い表情のまま、

「萩野先生」

と言った。「棚原弥生を退学処分にして下さい」

啓子が当惑して、

「それはどういう……」

「人のものを盗めば、処罰されて当然でしょう？」

「あの子が――万引きでもやった、とか？」

「いいえ。人の夫を盗んだんです」

しばらく沈黙があった。

「――奥さん、それは……」

「一緒に暮しているんです。二人の間がどうなのか、分りますわ」

「あの子が来てから、主人の楽しそうなこと！　お見せしたいわ。それにあの子の方だって」

　——信代は、啓子の表情をじっと見つめていた。

　啓子の目に、一瞬嫉妬《しっと》の火が上ったのを、信代は見逃さなかった。

「奥さん。——あの年代の女の子が、父親のような年齢の男性に憧《あこが》れるのは、珍しいことではありません。しかも、あの子は父親を亡くしたばかりで——」

「私も元は教師でした、部長先生」

　と、信代は言った。「女の子の心理は分っているつもりです。でも、あの子の場合は、そんなことじゃないんです」

「何か……はっきりした証拠でも……」

「昨日、用事で出かけました。帰宅すると、主人もあの子も何だかあわてた様子で……。私、ちゃんと気が付いたんです。ベッドが乱れていて、かけてあったバスタオルが湿っているのに」

　啓子の顔から血の気がひく。

「——奥さん。もしそれが本当にあったことだとしても……責任は、教師の側にあります」

「主人をクビになさる？」

「それは――」

「そんなことでクビになれば、もう二度と教職にはつけないでしょう」

「竜野先生がそんな……。信じられませんわ」

啓子は動揺していた。

「信じて下さらなくても結構です。私はあの子に夫を盗《と》られて、黙っている気はありませ
ん」

「奥さん――」

「子供なんかじゃありませんわ。今の中三といえばもう……立派な女の体をしています」

啓子は震える手を固く握り合せた。

「――分りました」

と、肯いて、「ともかく、奥さんのお話だけで処分を決めるわけにはいきません」

「そうでしょうね」

「私なりに調べます。その結果が出るまで、待って下さい」

「長くは待てません。主人はどんどんあの子に溺《おぼ》れていくでしょう」

「お待たせはしません」

と、啓子は肯《うなず》いて、「ともかく、二、三日だけ私に下さい」

「分りました」

信代は立ち上って、「お忙しいところ、お邪魔しました」

と、出て行った。

啓子は、しばらく立ち上ることもできなかった。

――竜野と棚原弥生？

まさか！　そんなことが……。

しかし、演劇部へ入った弥生に、竜野は、

「他の子との遅れを取り戻す」

と言って、一人だけ残して、発声などをやらせている。

それは事実だ。

啓子は、二人きりの部室やロッカールームで、竜野と弥生が抱き合い、唇を重ねているところを想像して、心臓が苦しくなり、汗が出てくるのが分った。

それは、まるで現実にその場面を前にしているかのように、啓子を圧倒した……。

「――先生」

と、事務の子に声をかけられて、飛び上りそうになった。

「何の用？」

「あの……お茶、お下げしてもいいですか？」

14　小さな傷

片山はアパートの階段を上って、部屋の鍵《かぎ》を開けようとした。

――かかってない？

晴美が戻ってるのかな。

ドアを開けて、

「ただいま。鍵かけないと無用心――」

と言いかけて、「君……」

「本当に無用心」

と、伊東清美が言った。

「君……どうやって入った？」

「こんなアパートのボロい鍵なんて、簡単に開く」

学校帰りだろう。清美は鞄《かばん》を畳の上に置いて、あぐらをかいていた。

「しかし……」

片山は、買物して来たものを冷蔵庫へ入れたりして、「何の用だい？」

「いつまでここにいるの?」

「この仮住いか? 誰のせいだと思ってるんだ?」

「私、何も言わないもん」

清美は鞄からタバコとライターを出すと、「灰皿、ある?」

「そんな物、ないよ」

「じゃ、いいや」

清美は流しの前へ行ってタバコに火をつけた。

「ニャー」

「キャッ!」

清美が飛び上った。「——びっくりした! どこにいたの?」

ホームズは、流し前の狭い板の間に寝ていたので、目立たないのである。

「これであいこか」

と、片山は言った。「タバコはやめてくれないか。ホームズもいやがる」

清美は肩をすくめて、

「はいはい」

と、流しにタバコを捨てた。「どうして私の所へ来ないの?」

「行けばしゃべるかい?」

「さあね。――でも、試してみる価値はあると思うけど」

「君はいつかこの下から僕を見てたろ？　必ず来ると思った」

「待ってたの？」

「いや、そうじゃないけど、無理にしゃべらせようとしても、君はしゃべらない。自分から話してくれるのを待ってた方がいい」

「女心に詳しいの」

「残念だが、そうじゃない。一人一人、みんな別々だからね、男心も女心もないさ」

「少しひねくれた心の持主はいるわ」

片山は畳に座って、

「君は――あのときだけ、そんなふりをしてたの？」

「マンションで知らない人と待ち合せて、って仕事？」

「仕事かね、あれが」

「仕事よ！――そう年中じゃ、病気とか怖いし。私、これでも慎重なのよ」

清美は立て膝《ひざ》して抱え込んだ。「月に一、二回かな。お金あって、やさしそうな人を選ぶの」

「お金はあるかもしれないが、やさしい男がいるわけないと思うね」

「知らないくせに」

「知らない。──でも、人間、知らなくても分ることってあるもんだよ」

「お説教聞きに来たんじゃないわ」

清美は少し苛立《いらだ》って、「せっかく、力になってあげてもいいと思ったのに」

「請求書つきで？」

清美は微笑んで、

「お金いらないな、あなたなら」

と言いながら片山の頰を指先でなぞった。

「やめてくれ」

と、片山があわてて首をすぼめる。

「面白い」

清美のそばへホームズがやって来た。

「──刑事さん、クビ？」

「いや、課長もよく分ってる。今は事件の方へ専念できるように、気をつかってくれてるんだよ」

「ふーん」

「つまらない？　大人を手玉に取るのが面白いのかい？」

「私、手玉になんか取らない。向うがこっちのてのひらへのっかってくるだけよ」

と、清美は言うと、ゴロリと畳の上に横になった。

「スカートが上ってる」

「下ろしてよ」

片山は目をそむけている。

すると、ホームズがノコノコ近付いて行って、清美のスカートの裾《すそ》をくわえると、ぐいと引張った。

「変な猫」

と、清美は笑った。

「メスだからね。女同士、と思ってるんだよ、きっと。——君にあの仕事を頼んだのは誰なんだい？」

「抱いてくれたら、教えてあげる」

片山はため息をついて、

「じゃ、教えてくれなくていい」

と言った。

清美は起き上ると、

「何がいけないの？　大人だって、いくらも浮気したり遊んだりしてるじゃない。私、捕まるようなドジしないし、勉強も真面目にやってるわ」

と、口を尖《とが》らした。

「見れば分るよ」

「じゃ、何がいけないの？　私の体よ。どうしたって勝手でしょ。誰にも迷惑かけてないわ」

片山は首を振って、

「いや、迷惑かけてる」

と言った。

「親に？　知らなきゃ幸せよ」

「いや、親にじゃなくて――」

「相手の男の人に？」

「違う」

と、片山は言った。「違う。――君自身に迷惑をかけてる。今の君は、これでいいと思ってるかもしれないが、五年後、十年後の君が、きっと今の君を恨むことになる」

清美はしばらくじっと片山を見つめていた……。

そしてパッと立ち上ると、

「帰る。――もう来ない」

と早口に言い捨てて、鞄をつかんで出て行った。

――片山はため息をついて、

「何が間違ってるのかな」

と言った。

「ニャー」

ホームズが何やらくわえて振った。

ジャラジャラと音がする。キーホルダーだ。

「鞄《かばん》から落ちたんだな。追いかけよう」

「ニャー」

ホームズと一緒に急いで部屋を出ると、片山は階段を駆け下りた。

通りへ出て、

「どっちだ？」

片山があわてて後を追う。――少し先に、足早に行く清美の後ろ姿が見えた。

ホームズが右へ駆け出した。

「おい！　待てよ！」

片山が手を振って叫んだが、トラックがそばを通って、聞こえなかったらしい。

片山は足を速めてハアハアいいながら、

「足の速い子だな！」

と、文句を言った。
ちょうど、横断歩道が赤信号になり、清美が足を止めた。
しめた！
片山は、そのとき車が一台、スピードを落とすのを見た。――車の信号は青だ。
おかしい、と思ったのと、車の窓が下りるのと同時だった。
車が清美のすぐ手前で停りかける。
車の窓から拳銃《けんじゅう》を持った手が出て、銃口が清美へ向く。
片山は、清美に向って走った。
ホームズの方が早かった。パッといきなり清美の顔の前へ跳んだ。
びっくりした清美は反射的に鞄を持ち上げて顔を隠そうとした。
銃声がした。清美が見えない手で殴られたように仰向《あおむ》けに倒れる。
車が一気に加速して走り去った。
「おい！」
片山が駆け寄った。「しっかりしろ！」
「胸が……」
と、清美が呻《うめ》く。
ブラウスに小さく血がにじんでいた。

「しっかりしろ！」

片山が抱き起すと、

「痛い！　痛いよ！　もう少しやさしくしてよ！」

と、清美が文句を言う。

「胸を撃たれたにしちゃ元気だな」

片山は鞄を見た。「――これを見ろよ」

「え？」

「弾丸が鞄と中の本を貫通してる。勢いが弱まって、かすり傷をつけただけだ」

「私……」

清美がブラウスの前を開けた。――胸に小さな傷があるだけだった。

「助かったのね……」

「立てるか？」

「うん……」

「君が狙われたんだ。分るかい？」

「うん……」

「鞄と――そうだ、君がこのキーホルダーを落として行かなけりゃ……。おい！」

清美は青くなって、失神してしまったのだった。

「参ったな。——ホームズ、手伝え」

「ニャー」

いくらホームズでも、清美を抱えていくわけにはいかない。

そのとき、救いの神が現われたのである。

「片山さん。どうしたんです？」

石津が、弁当の入った袋をさげてやって来たのだ。

「石津！　弁当全部食ってもいいぞ！　この子を頼む」

楽なもので、石津は清美をおぶって、片山が鞄と弁当の袋を持って、アパートへと戻って行く。

「良かった。危いところだったんだ」

と、片山が言った。

銃弾もホームズが見つけた。これが手がかりになるといいが……。

「この子を狙うなんて、どういうことなんですかね」

「何か裏に大きな奴が隠れてるんだ。そうでなきゃ——」

片山は足を止めた。

人が駆けている。ワイワイと集まり、

「一一九番だ！」

「消防車を呼べ！」

という怒鳴り声。

「——片山さん」

「うん」

「あの部屋ですよ」

言われなくても分っていた。

ついさっきまで片山たちのいた、あの二階の部屋の窓から炎がふき出して、その火は屋根へと這《は》い上《のぼ》ろうとしていた。

「——貸布団が」

と、石津が言った。「返せなくなりましたね」

15　誕生日

「おい、どうした？」

と、竜野が部室の中へ声をかけた。「帰らないのか？」

棚原弥生が、もう帰り仕度は終えていたが、部の図書を開いている。

「先生。──先に帰って」

と、弥生は言った。

「何だ。どうした？」

弥生は首を振って、

「私、友だちと何か食べて帰る。先生、奥さんと外に食事に行けば？」

竜野は部室へ入ってドアを閉めると、

「弥生。──信代が何か言ったのか」

と訊《き》いた。

「そんなんじゃないの」

「それなら──」

「忘れてる」

「何を？」

「奥さんの誕生日」

竜野は、一瞬詰った。

「よく知ってるな」

「この間、何かの申込書に書いてるの、見たの」

「そうか……。しかし、本人だって……」

「もし忘れてたら、先生が憶《おぼ》えてたってこと、なおさら嬉《うれ》しいと思う」

「――そうだな」

竜野は、弥生の気のつかいようが嬉しかった。

「私、友だちの所へ泊るから。ね？」

「分った。じゃあ、そうしてくれ」

と、竜野は肯《うなず》いた。

「うん。それじゃ」

「気を付けてな」

「はい、先生」

竜野がドアを開けて行こうとすると、

「先生」

「何だ？」

「私の誕生日、憶えてる？」

「いや……。書類で見たはずだが、忘れた」

「フン、だ」

弥生はおどけて見せた。

——竜野は、学校を出る前に、自宅へ電話を入れた。

「もしもし」

「信代。俺だ。今から出かけて来ないか」

「何よ？」

「誕生日だろ。外で食事しよう」

しばらく黙っていた信代は、

「でも……弥生ちゃんは？」

「友だちの家へ泊るそうだ。ちょうどいい。仕度して出れば、途中で落ち合えるだろ」

「それは……そうね」

信代の声ははっきり、明るくなっていた。「じゃ、すぐ仕度するわ」

「あわてなくてもいい。まだ学校だからな。じゃ、一時間したら、S駅の西口で待ってる」

「分ったわ」

「それじゃ」

電話を切って、戻ったテレホンカードを抜くと、竜野はふと胸の痛みを覚えた。

信代との冷え切った関係。――しかし、そういう俺も、妻の誕生日すら忘れていた。

どっちだけが悪い、というのではない。お互いに、相手のことを忘れ過ぎていたのかもしれない……。

竜野は、足早に学校を出た。――わざわざ夫婦二人にするために、友だちの所へ泊めてもらうという弥生の気のつかい方に、胸の熱くなるものを覚えていた……。


「全くもう！」

と、晴美が腹を立てて言った。「てっきり焼け死んだかと思ったじゃないの！」

「俺に怒るなよ」

と、片山がむくれて、「俺が火をつけたわけじゃないぞ」

「それにしたって……」

――もう夜だが、アパートの周囲は水びたしで、まだ人があわただしく駆け回っていた。

古い二階建はたちまち焼け落ちてしまって、両隣も半焼。しかし、

「風が弱くて助かった」

と、消防士の一人が安堵《あんど》の息をついていた。

「——まだ煙が出てる」

と、清美がポカンとして眺めている。

「君も下手すりゃ、こっちで死ぬところだったね」

「うん……」

清美は神妙な顔で肯くと、「うちで心配してるといけないから、帰る」

「石津、送ってってくれ」

「はい……」

と、石津は何だか元気がない。

「お兄さん、何か食べさせてあげなきゃ」

「あ、そうか」

弁当をずっと持ったまま。「しかし、食べる所がないな……」

と困っていると、

「それじゃあ！」

と、突然清美が声を上げた。「私、おごっちゃう！　みんなで食べに行こう」

「おい、君——」

「うちへは電話しとく」

「しかし、中学生におごってもらうというのは――」

「悪銭だもん。でも、もうこれで『アルバイト』は終り。だから、パーッと食べちゃおう！」

「だけどね……」

片山は石津の目が早くもギラギラと（？）光っているのを見て、「じゃ、ごちそうになるか」

「行こう行こう！」

「ニャー！」

火事場から、えらくにぎやかな一団が出発して行った。

近所の人たちは、それを見て首をかしげたのだった……。


「あなた……」

と、信代がワイングラスを置いて言った。

「何だ？――旨《うま》いな、この肉」

「私の、少し取って食べて」

「食べないのか？」

「お腹一杯よ、もう」

——二人で、ホテルのレストランに入っている。

「ディナーのコースなんか、何年ぶりかな」

と、竜野は言った。「たまにはいいもんだな」

「ええ……。あなた、今日、部長先生と話した？」

「萩野先生？　いや、特別には何も。どうして？」

「何でもないの」

信代は首を振った。

「——さあ、後はデザートだ」

と、ナプキンで口を拭《ぬぐ》う。

信代はちょっと笑って、

「あなた、甘党だったのよね。うちじゃ食べないくせに」

「太るのを気にしてたんだ」

と竜野は言った。「しかし、もう太っても仕方ない年ごろだな」

「そうよ。普通なら、毎年ズボンがきつくて入らなくなって作り直すのよ」

「カミさんに文句言われながら、か」

と、竜野は笑った。

メインディッシュの皿が下げられると、デザートを色々のせたワゴンが来た。

二人は、「これとこれ」「あれとこれ」と競うように何種類も取った。

何だか、急に若いころに戻ったみたいだった。

——食事がすんで、レストランを出ると、

「ちょっと待って……」

と、信代が言った。「お腹が……苦しい」

「俺もだ」

二人して、ロビーのソファに腰をおろす。

「私……スカートが苦しいわ」

竜野は、信代の方を見て、

「どうせ、帰っても誰もいない。泊ってくか、ここに」

と言った。

「もったいないわ」

「一泊なら、大したことないって。——待ってろよ」

竜野はフロントへ行って、すぐにルームキーを手に戻って来た。

「呆《あき》れた人！　本当に借りたの？」

「ここでスカートを脱がれちゃかなわんからな」

と、竜野は言った。「さあ、行こう」

二人はエレベーターで十二階まで上った。

部屋はツインルームで、そう広くもなかったが、寝るだけなら充分だ。

「ああ……。何だか嘘みたい」

信代は伸びをして、「ワインが今ごろ回って来たわ」

と、ベッドに仰向《あおむ》けに倒れる。

「そのまま寝ると、明日出るとき、服がしわくちゃだぞ」

と、竜野は笑って、上着をハンガーにかけ、ネクタイを外した。

「——あなた」

と、信代が言った。

「うん？」

「脱がせてよ」

と、信代はそっと手を伸した……。

竜野は、バスタブ一杯のお湯にそっと身を沈めた。

お湯がぎりぎりの高さまで来たが、溢《あふ》れずにすんだ。

——信代は、ベッドでぐっすりと眠り込んでいる。

竜野も、久しぶりに信代を身近に感じた。

弥生に感謝しなきゃな……。

そう考えて、ふと、

「もし、弥生が家に帰ってたら？」

と、呟《つぶや》く。

弥生は「友だちの所へ泊る」と言っていたが、あれはきっと、はっきり誰というあてがあってのことではないだろう。

もし、友だちのうちへ泊れずに帰っているとしたら……。竜野たちが帰らないので心配しているかもしれない。

確か、もう十二時近いはずだ。

少し迷ってから、竜野は一旦《いったん》バスタブから出ると、タオルで体を拭《ふ》き、そっとベッドルームを覗《のぞ》いた。

電話はナイトテーブルなので、眠っている信代のすぐそばだ。

「よし」

竜野はワイシャツを着てズボンをはき、財布からテレホンカードを抜いて、ルームキーを手に、そっと部屋を出た。

ロビーまで下りると、まだ人がずいぶん出入りしていた。

電話ボックスへ入り、自宅へかけてみたが、しばらく鳴らしても、誰も出ない。

してみると、どこかに泊れたのだろう。心配した自分が何だか馬鹿げて見える。

――弥生。

むろん、弥生は自分が弓削の子だということも知るまい。

そして、竜野のかつての恋人の娘だということも……。

いつか――いつか時が来たら、弥生に話してやろう。

「お前の母さんと俺とは愛し合っていたんだ」

と……。

だが今は早い。――まだ、弥生は十五歳だ。早すぎる。

竜野は、ボックスを出て、エレベーターで十二階へと戻って行った。

早く寝よう。明日も学校がある。

竜野は、そっとドアを開け、中へ滑り込んだ。

明りが消えていた。――洗面台の明りだけがついていて、その洩《も》れる明りで、信代がほとんど頭までスッポリと毛布をかぶって寝ているのが分る。

一度起きて、明りを消したのか。

信代を起さないよう、竜野はそっと服を脱いで、ホテルの浴衣《ゆかた》を着ると、もう一方のベッドへ滑り込んだ。

モーニングコールのセットをして、ふわふわと大きな枕へ頭を落とすと、もう何秒間かの内に、竜野は寝入ってしまっていた……。

電話……。

電話だ。――何でこんな近くで鳴ってるんだ？

竜野は目をこすって……。

「そうだ。ホテルに泊ったっけ」

ナイトテーブルの受話器を取ると、テープの声が、

「おはようございます……」

と聞こえてくる。

つい、返事しないと悪いようで、

「どうも……」

と言って、受話器を戻した。

ぐっすり眠った後の、快いけだるさがある。

こんな気分は久しぶりだ。

早めに起してもらったので、余裕があった。

信代はまだ眠っているようなので、竜野は起さずに先にバスルームへ入り、シャワーを

浴びた。

目が覚め、さっぱりする。一緒に朝食が食べられるだろう。

――もう信代も起そう。

「おい、起きろよ」

と声をかけ、カーテンを開ける。

朝の日射しがまぶしかった。

「信代。――もう朝だぞ」

竜野は、ベッドに腰をかけ、「充分眠ったろ？」

と、毛布をめくった。

――信代の胸から腹へ、血が染め上げていた。

傷が胸を抉《えぐ》って、毛布とシーツを黒ずんだ色で浸している。

幻か？　これは何だ？

「信代。――おい」

竜野は、
呼んでも、起きるはずがない。

信代は完全に死んでいた。

「何だ……。どうしたっていうんだ？」

竜野は立って歩こうとしたが、膝《ひざ》が震えて転んでしまった。

わけが分らない。——どうしてこんなことが？

竜野はソファに辿《たど》り着くと、もう一度ベッドの方を振り返った。

夢でも何でもない。

信代は——殺されていたのだ。

16 逃走

玄関のわきにしゃがんでいるのは、どう見ても棚原弥生だった。

竜野は、幻でも見ているのかと、しばらく目をこすったりしていたが、どう見てもそれは弥生で、学校から帰ったままの格好である。

竜野がしばらくぼんやり眺めていると、弥生がゆっくり顔を上げ、

「――先生」

と、目を瞬《まばた》いた。

「お前……。何してるんだ」

と、竜野は言った。

「先生も……ゆうべ帰らなかったの？」

「ああ……」

と、竜野は詰って、「――そうなんだ。信代と食事して……お腹が苦しくて動けなくなって、ホテルに泊っちまった」

それを聞くと、弥生はホッとしたように笑って、

「何だ！　それなら良かった。奥さんに逃げられて捜してるのかと思った」

「おい……」

と、竜野は言いかけて、「しかし――お前は、友だちの所に泊るんじゃなかったのか」

「そのつもりだったけど……」

と、弥生は立ち上って、腰をさすると、「人徳ないな。誰も泊めてくれなかった」

竜野は絶句した。――弥生は転校して来た子だ。それほど親しい子は、まだいないのだろうか。

「そうか……。しかし、どうして中へ入らなかったんだ？」

「鍵《かぎ》、持ってないもの」

「何だって？」

竜野はびっくりした。「ちゃんと一本持たせたろう」

「奥さんに取り上げられちゃった」

と、弥生が微笑んで、「だって、私、やっぱり他人だし。奥さんが心配するの、分るわ」

「――知らなかった」

と、竜野は言った。「すまん。――ゆうべ、もしかしてお前が帰ってるかと電話してみた。でも、お前はここで座ってたのか」

「そんなに寒いって季節じゃないし」

と、弥生は言った。「玄関の柱にもたれて寝たから、平気」

「悪かったな……」

「中へ……入ろう」

「――ああ」

竜野は玄関を開けた。

「学校に行く仕度しなきゃ」

と、弥生は急いで上ると、「先生も、ひげとか剃《そ》った方がいいよ」

と言って、自分は急いで顔を洗った。

そして鞄《かばん》の中身を今日の時間割に合せて入れ替える。――髪はひどい状態だが、今はどうしようもない。

鏡の前で、軽くムースをつけてブラシを通し、それで諦《あきら》めることにした。

「先生！　仕度は？」

と、居間を覗《のぞ》くと、竜野はソファにぼんやりと座り込んでいた。

弥生は、そっと覗き込むように近付いて、

「先生……。具合、悪いの？」

竜野はゆっくりと顔を向けて弥生を見ると、

「俺は……もう学校へは行けない」

と言った。

「え？」

「お前、遅刻するといけない。早く行け。——ああ、これ、ここの鍵だ」

と、キーホルダーを取り出す。

「先生……。何かあったの？」

ただごとではない。弥生も、やっとそれに気付いて、鞄を置くとカーペットに膝をついて、竜野を見上げるようにし、

「先生。——どうしたの？　奥さんと……」

「信代は死んだ」

弥生は耳を疑った。

「今、何て言ったの？」

「死んだ。ゆうべ、誰かに殺された」

弥生は愕然《がくぜん》として、しばし言葉も出なかった。

「俺は、何も知らずにぐっすり眠ってた。朝、目を覚まして隣のベッドの毛布をめくると……信代が血だらけで死んでた」

「それで……」

弥生も、何と言っていいか分らなかった。——もう少し、落ちついて二人が話していれ

ば、事態は変っていたかもしれないのだが。

「俺と二人きりだった。それなのに、信代は殺されてたんだ」

「先生！　しっかりして！——先生」

竜野が、ハッと顔を上げた。

「サイレンだ」

「え……。本当だ。——パトカー？」

「こっちへ来る……」

竜野は青ざめ、身を震わせながら立ち上った。「お前は関係ない。巻き込まれない内に早く学校へ行け」

「いやだ、そんなの！」

弥生はすっくと立ち上るとキュッと唇をかみしめて、竜野の腕を取った。「先生！　行こう」

「お前——」

「早く！　パトカーが来る！」

二人は、玄関へ出ると、外へと飛び出した。パトカーのサイレンはどんどん近付いていたが、まだ見える所には来ていない。

「こっち！」

弥生が竜野の手を引いて、駆け出す。

――もう朝の出勤時間で、何人かの人が、このふしぎな取り合せの二人があわてて走って行くのを見ていた。

竜野も、もう少し冷静になっていれば分ったはずだ。パトカーは、竜野の家の前を素通りして、行ってしまったのである。

しかし、もう二人は「逃走して」いた。逃げるからには、何かしたのだ、と……。

二人は「追われている」と思ったから逃げたのだが。

そのすれ違いが、二人を「逃亡者」にしてしまったのだった。


「――もしもし！」

電話が耳もとで爆発でもしたみたいだった。

「おい！」

片山は、頭がクラクラして、「食い過ぎて苦しいんだ。あんまり大きな声出さないでくれ」

「何言ってんの！　そんなの聞いたことない」

と、晴美は言った。「大変なの！　早く起きて」

「どうしたんだ？」

と言いながら、片山は起き上った。

ベッドだ。——一瞬、伊東清美が同じベッドにいるんじゃないかとゾッとしたが、大丈夫、一人だった。

「今、栗原さんから連絡があったの。Sホテルの客室で、竜野信代の死体が見付かったって」

「竜野信代って——」

「竜野先生の奥さん。刺し殺されてたそうよ」

「そ、それで?」

「ゆうべ、ご主人と二人で泊ったらしいの。でも、今朝、チェックアウトしないんで、ボーイが見に行って、死体を見付けたの」

「竜野先生は?」

「行方不明。——家にもいないし、学校へも行ってないって」

「やれやれ……」

片山は欠伸《あくび》をして、「すぐSホテルへ行くよ」

「待って! お兄さん、今は自分もやばい身なのよ」

「あ、そうか」

忘れてりゃ世話はない。

「私、ホームズとこれから出かけるけど……。そうだわ。いいことがある」

「何だ？」

晴美の言う「いいこと」というのは、あんまりあてにならない。

「石津さんに、そっちへ寄らせるわ」

「分った。――ここ、どこだっけ？」

片山がそう訊《き》いたが、晴美は呆《あき》れたのか、そのまま電話を切ってしまった。

正直、やっと目が覚めてくる。

竜野の妻が殺された……。

弓削の殺された事件、清川昌子が死んだ件と、係《かかわ》りがあるのだろうか？

そうだ。確かここはビジネスホテルである。

あのアパートが焼けてしまったので、ここに泊った。

危うく焼き殺されそうになり、伊東清美も撃たれた。――一体何が起っているのだろう？

晴美が、中村という議員秘書に脅されたことが、一つの緒《いとぐち》になりそうだ。

その議員が、何かを隠したがっている。

そのためには、片山や伊東清美を殺してもいいと思っているのだ。

「――しゃんとしろ！」

片山はウーンと伸びをした。

ともかく石津がここへ寄るまでに少し間があるだろうというので、片山は狭苦しいバスルームへ入って、シャワーを浴び、すっかりのぼせてしまった。

何しろ狭いので、湯気がこもってしまうのである。

それでも、何とかひげを剃《そ》ったりしていると、ドアを壊さんばかりに叩《たた》く音がして、

「片山さん！　起きてますか！」

と、石津の威勢のいい声が響き渡った。

片山は急いでドアを開けて、

「この階の客がみんな起きちまうぞ」

と言った。

「何か食べますか？」

石津は、まず食べる話から始めないと先へ進めない様子だった。

「昨日あれだけ食ったんだぞ」

「昨日は昨日、今日は今日です」

と、石津は言った。「――これ、晴美さんの言いつけで買って来ました」

石津が取り出した紙袋を、片山は開いて中を覗《のぞ》き込み、

「――これを晴美が？」

と言った。

「そうです」

「本気か、あいつ？」

片山には、これを見たホームズが何と言うか、見当がついた。

むろん、ホームズは、

「ニャー」

としか言わなかったのである。

晴美は笑いをかみ殺して、

「お待ちしてましたわ、先生」

「何のつもりだ……」

片山は、ホテルのロビーからエレベーターへと歩きながら言った。

「あら、なかなか似合うわよ」

片山は、エレベーターに乗った。——内装のツルツルに磨き上げた壁面に、自分の顔が映っていた。

口ひげに、メガネ。半白のカツラ。

変装するにしたって、もうちっとましなのがありそうなものだ。

「これじゃすぐばれちまう」

と、片山は自分の顔が映っているのを覗いて言った。

「いえ、そんなことありませんよ」

と、石津は言った。「眠ってる人が見たら、片山さんとは分りませんよ」

本気なのかジョークなのか……。

——片山たちは、殺人現場の手前の廊下で、栗原と出くわした。

「栗原さん」

と、晴美が言った。「竜野先生の行方は？」

「まだ分らん」

と、栗原は首を振って、「片山、もう一つ悪いニュースがある」

変装など何の意味もなさそうだ。

「課長——」

「棚原弥生だ」

「棚原……。あの子がどうしたんです？」

「弓削春夫が殺されてから、竜野の家に住んでいたんだ。それが、今朝、二人で手を取り合って逃げて行くのを見られている」

「二人で……。竜野と弥生と？」

「うむ。竜野が妻を殺し、あの子と逃げた。——どうも、そうとしか思えん」

「ということは……。でも課長、二人は親子くらい年齢が違うんですよ」

「分っとる。しかし、あり得ないことではない」

「まさか……」

「ともかく、どこへ行ったか、捜している。女の子の方は制服だってことだしな。すぐ見付かると思うが」

「あの子が……」

片山は、自分の代りに父親が撃ち殺されたという負い目を、弥生に対して持っている。もし、本当に逃げているのなら、何とか無事に保護してやりたい。

「ともかく現場を見よう」

と、片山は言った。「でも——すぐ分っちゃうな、これじゃ」

「いいんだ」

と、栗原が肯《うなず》いて、「俺が言ったんだ、そうしろと」

「は？」

「少なくとも、見た目が変ってりゃ、みんな気が付いてても、分らなかったと言いわけできる」

栗原の思いやりに片山は胸が熱くなった。しかし——よく考えたら、こんな目に遭う方が理不尽だ！

しかし、文句を言ってやろうとしたときには、もう栗原は行ってしまっていたのである。

17　挑戦

「ともかく――」

と、晴美が言った。「今は、棚原弥生と竜野さんを早く見付けることだわ」

片山は、現場を見回した。

もう死体は運び出され、片山たち以外は残っていない。

ベッドは、乱れたままで、シーツや毛布に赤黒く血が乾いていた。

「――これで何人死んだことになる？」

と、片山は窓のへりに腰をかけて言った。

「弓削春夫、清川昌子、竜野信代……。三人でしょ」

と晴美が言った。

ホームズは、小さなテーブルにのせてあった週刊誌を前肢《まえあし》でパラパラめくっていた。

「何か面白い記事でもありますか？」

石津がホームズへ訊《き》いた。「かつおぶしの広告でも？」

ホームズは無視してページをめくっていたが、やがて、目当てのページを見付けたのか、

片山の方を向いて、

「ニャー」

と、呼んだ。

「——何だ？」

片山は、そのページを覗《のぞ》き込んだ。

誰やら、高校生タレントのグラビアで、制服姿の女の子がカメラに向って微笑んでいる。

「この子がどうかしたのか？——女子高校生？　伊東清美のことか。違う？」

「棚原弥生のこと？」

と、晴美が訊く。

「ニャー」

「あの子がどうしたんだ？」

ホームズが、前肢の爪を出して、週刊誌のページに傷をつけた。線を一本、二本、三本、四本引く。

「三人じゃなくて、四人？」

「ニャー」

「四人って……。誰だ、もう一人は？」

と、片山は言った。

そして、片山はじっと女子高生の写真を見ていたが……。

「――そうか」

と、呟《つぶや》くように、「それじゃ、あれは間違いじゃなかったのか？」

「何のこと？」

「考えてみろ。――いつも棚原弥生のいる所で、人が死んでる」

「え？」

「弓削春夫も、弥生を家に置いていた。置く理由もないのに。そして、竜野信代も」

「でも、昌子は……」

「あの子も、弓削との関係で死んだ」

「でも、それで三人だわ」

「四人だ」

と、片山が言った。「初めに、父親、棚原薫が死んだ」

「あの人……。でも、あれは――」

晴美が言いかけて、「じゃ、あれはお兄さんと間違えて殺されたんじゃないの？」

「そうだとすれば、四人。弥生が中心にいる。――四つの死がつながっているとしたら、どうなる？」

「でも、棚原さんを殺すなんて……」

「動機を考えてもみなかった。てっきり、俺が狙われたんだと思ったからだ」

「それじゃ、考え直す必要があるわね」

「棚原が死んで、弓削が弥生を引き取った。――なぜだ？　祖母がいるのに」

「そして、竜野さんもよ」

片山は少し考えて、

「まず、あの祖母だ」

と言った。

「倉田っていった？　倉田靖子」

「話を聞こう。――弥生にはきっと何か秘密があるんだ」

片山は、そう言って、「石津、お前、悪いけど伊東清美のことを頼む」

「分りました。また狙われますかね」

「あの子も、まだしゃべっていないことがある。殺されかけるくらいのことだ」

石津が出て行くと、片山は口ひげを取って、「出かけよう。いやな予感がする」

と言った。


「何もお話しすることはありません」

と、倉田靖子は言った。「お帰り下さい」

同じ答えを、片山たちはもう五回も聞いていた。

「いいですか」

と、片山は言った。「弥生君がどうなるか、心配じゃないんですか！」

「あの子は、もう小さな子供ではありません。自分の判断で行動しているのでしょうから、私が何も言うことはありません」

静まり返った居間。――倉田靖子の住む屋敷は、広くて古びていた。

「お帰り下さい」

と、靖子がくり返す。

片山は足下のホームズを見た。ホームズが片山を見上げ、視線を動かす。

「――分りました」

片山は息をついて、「晴美、引き上げよう」

「でも、お兄さん――」

「何も話す気のない人の所にいつまでいても仕方ない。時間のむだだ。今は弥生君を早く見付けることだ」

「分ったわ」

晴美は不服そうだった。

片山たちが玄関から出ると、靖子は鍵《かぎ》をかけ、居間へ戻った。

「——何も言いませんでしたよ」

「分ってる」

と、姿を現わした男は肯《うなず》いた。

「弥生を無事に帰して下さい」

「我々だって、どこにいるか分らないんですよ」

「捜して下さい！」

と、靖子は厳しく言った。「あなた方なら見付けられるでしょう」

「やってみますけどね。しかし、竜野と逃げるとは思わなかったな、うん」

靖子はソファに力なく腰を落として、

「こんなことになるなんて！　それならいっそ、弥生を手もとに置いておくのだったわ」

「そんなことをしたら、あなたが何をしていたか、分ってしまうんじゃないですか？　あれは頭のいい子ですからね、うん」

「たとえ分ったとしても——」

「自分の生れについても、知ることになったでしょう」

靖子はキッと男をにらみつけたが、そこには負けると分っている人間の悔しさがにじみ出ていた。

「——いいですか。今さら悔んでも遅いんだ、うん。この倉田家がまだ消えずにいるのは、この仕事のおかげなんですよ」

「言われなくても分っていますわ」

と、靖子は目をそらして、「あなたもお帰り下さい」

「サービスが悪いな。お茶の一杯ぐらい……。まあ、忙しいからどうせ飲んじゃいられませんけどね、うん」

男は、ちょっと肩をすくめると、「それじゃ」

と、居間を出た。

とたんに——顔に向って真直ぐに茶色い塊が飛んで来て、

「ワーッ！」

爪を立てられそうになって、中村は引っくり返り、頭をしたたか床に打ちつけて気絶してしまった。

「まあ……」

と、靖子は三毛猫を見下ろし、「帰ったんじゃなかったの」

「ニャー」

晴美と片山が入って来た。

「さっき上げていただいたとき、玄関わきの窓のロックを外しておいたんです」

と、晴美は言った。「——中村君たら、一体どういうつもり？」

「気絶してるぞ」

「今殴っても面白くないわね。今の内に、きたえとこう」

晴美はポキポキと指を鳴らした。

「おい、待て。ホームズが何か思い付いたらしいぞ」

ホームズが急ぎ足で廊下へ出ると、あちこち覗《のぞ》いて、見付けたのは台所。

「何か食べたいのか？」

「ギャーッ！」

「ごめん！　怒るなよ」

と、片山はあわてて言った。

ホームズが冷蔵庫の前で振り返った。

「開けるのか？——風邪ひくぞ」

ホームズは、開けた扉の方を見上げて、

「ニャー」

と鳴いた。

「どれ？」

「ニャー」

「マヨネーズ？——ソース？　ケチャップ？——ケチャップか」

「ニャー」

「あ、なるほど」

片山は、こんなときなのに、ついニヤリとして、「うまく行きそうだな」

「ニャー」

片山は急いでケチャップを手に、居間へ戻った。

「見て！」

晴美が手にしているのは拳銃《けんじゅう》だった。

「こいつが持ってたのか？」

「そうなの。ギャング映画か、007でも気取ってたのね、きっと」

「そいつは好都合だ」

「何が？」

晴美は、兄の手にあるケチャップの容器を見て、「中村君をホットドッグにでもするの？　ホットキャットじゃ困るけどね」

「そうじゃない。お前の腕の見せどころさ」

片山の言葉に、晴美は目をパチクリさせた……。

中村克士は、ボーッとした頭で、やっと目が覚めた。

中村は、床に寝そべっていて、座った晴美が膝《ひざ》に中村の頭をのせて見下ろしているのだった。

「おはよう……。あれ？」

「晴美ちゃん……」

「中村君！　意識が戻ったのね」

と、晴美は言った。

「何だか頭をぶつけて……」

「動かないで！」

晴美が凄《すご》い声を出したので、中村はびっくりして、固まってしまった。

「な、何だい？」

「動くと危いわ」

「危い？」

「痛むでしょ？」

「痛むって……頭の後ろが少し――」

「まあ、それじゃ……もう感覚がマヒし始めてるんだわ」

「僕がどうしたって――」

「お腹に……」

中村は自分のお腹の所を見下ろして、目を見開いた。

白い布を巻いてあり、それが真赤に染まっている。

「こ、これ……血？」

「そうよ。ひどい傷で……。痛みがない？」

「いや……何だか、少し痛いよ、うん……」

「あなたの持ってたこれが――」

晴美が拳銃を見せると、中村がギョッとして、

「それ、僕の――」

「あなたが転んだ拍子に、これが暴発したの。自分のお腹を撃ってしまったのよ」

「何だって？」

「ひどい傷と出血で……。何とか血を止めようとしたけど、動脈が切れたようで、血が止らないの」

晴美は首を振って、「やっと少しおさまったけど、きっともう血が残り少なくて、圧力が下ったのよ」

水道の蛇口のようなことを言っている。

「た、助かるのかな、僕？」

「今、救急車を呼んでるけど、この状態で救急車に乗せたら、凄い出血をして、ショック

死ね、きっと」

中村が真青になって、

「晴美ちゃん！」

「じっとして！　意識は？　頭、ボーッとしない？」

「そういえば……何だかピントがぼけて……」

「やっぱり！　もうだめだわ」

「そんなこと言わないで！　まだ生きてるんだから、うん」

「いえ、もうだめよ」

普通と逆である。

「こんな死に方なんて……いやだ」

と、中村が情ない声を出した。

「しっかりして！　中村君、もう助からないんだから、一つはいいことをして死になさいね！」

「僕は……一生懸命やったよ」

「何をやったかが問題なの！　一生懸命ピストル振り回しても、仕方ないのよ」

と、晴美は厳しく言った。「棚原さんを殺したのは、あなた？」

「え？　そんな……」

「正直に言わないと地獄行きよ」

と、晴美はおどしつけた。

「あれは……仕方なかったんだ」

「じゃ、あなたがやったのね」

「違う！　先生が……」

「何？　何て言ったの？」

「弓削……先生が自分でやったんだ」

「何ですって？」

「狩猟が趣味で……。僕は言いつけられて手に入れた拳銃を先生に渡して、それを終ってからまた受け取って、持って帰った」

「じゃ、この拳銃？」

「うん……」

「どうして棚原さんを殺したの？　弥生さんが弓削の子供だってことは聞いたわ」

「それで……生まれたばかりの弥生君を育てるって条件で、倉田千草と棚原を結婚させて、棚原を出世させたんだ」

弓削は銀行の頭取だったのだ。

「それが、どうして？」

「弥生君が大きくなってみると、母親そっくりになった。千草さんが病死した後、弓削先生は、弥生君をそばへ置きたくなったんだ」

「勝手ね」

「うん……。で、棚原もそれは拒んだ。もし強引に言ってくれれば、弓削の頭取時代の、まずいことをしゃべる、と……。あそこまで言わなきゃ良かったんだ、うん」

「それで棚原を殺して、弥生さんを引き取ったのね」

「そう……。でも、それだけじゃすまなくなっていたんだ……」

と、中村は言って苦しげに、「晴美ちゃん……救急車、まだ？」

「まだ」

と、晴美は冷たく言った。「何もかもしゃべらない内は、救急車が来ても、乗せてやらない！」

「助けてくれ……。死にたくないよ、うん……」

と、中村は泣き声を出した。

「じゃ、しゃべりなさい！」

晴美の言い方は、地獄の番人もかくや、という迫力に満ちていた……。

18　断罪

「じゃあ、先生……お母さんのことを……」

と、弥生は言った。

「うん。愛し合っていたんだ。しかし、死んだと聞かされて、そう信じていた」

竜野は、弥生を見つめて、「お前を初めて見たとき、あまりに似てるんで、びっくりした。分るだろ。死んだと思っていたのに……」

「幽霊かと思った？」

「——ああ、あの世から迎えに来たのかと思った」

と、竜野は笑った。

二人は、小さなホテルの部屋で、すり切れたソファに座っていた。こんな時間に入れるのはこういうホテルくらいだ。

何となく湿ってひんやりした空気の中、窓のない部屋の中で、青白い明りにダブルのベッドが白く光っていた。

「——先生」

「何だ?」

「もし、あの世から迎えに来たのなら、一緒に行った?」

と、弥生は訊《き》いた。

「そうだな……。行っただろうな」

弥生は黙っていた。

竜野は、腕時計を見た。

「もうじき昼休みだ」

「学校、大騒ぎしてるかしら」

「どうかな。——一緒に逃げたとは発表してないと思うぞ。教師と生徒じゃ、学校の面目丸つぶれだからな」

「そんなもの——そんなもの、どうでもいいのに」

弥生は、竜野の胸に身をあずけて、「ずっと……ずっとこうしていたい」

と言った。

「弥生……。お前、一人でここを出て、あの片山って刑事さんの所へ行け」

「一人でって、どうして?」

「お前は何の関係もない。信代を俺が殺したと思われても仕方ないところはあるが、お前は、たまたま一緒になっただけだ。警察だって、お前が共犯とは思わないさ」

「だって……先生も、やってないんでしょ？　それなら——」

「分ってる。しかしな、俺とお前じゃ大違いだ。分るか？　俺は、信代を心の中で裏切ってた。みんな、俺がやったと思ってるさ。思って当然だ。何しろ、冷え切ってたからな、信代とは」

「でも——」

「追われて、逃げてるのが、信代への償いのような気がするんだ」

「そんなの、変だよ」

「分ってる。な、お前は一人で——」

「いやだ。一人じゃ行かない」

と、弥生は言った。

「言うことを聞けよ……」

「私も償いをするの」

「何の？」

「お母さんが、先生を騙《だま》したことに。——先生、お母さんの代りに、私のこと、抱いて」

弥生は、はっきりとそう言って、竜野は血の気がひいた。

「弥生……」

「きっと、お母さんが私の中で言ったんだよ。『この人を、私の代りに好きになりなさい』

弥生は、竜野の手を引いて、ベッドに腰をおろすと、「――私のこと、お母さんだと思って」

「そんな必要はない」

竜野は、突然燃え上るものに押し流されて弥生を抱きしめた。

「お前はお前だ」

弥生の体が腕の中で震えた。

どうなってもいい。警察に追われていることも、自分が教師だということも、今の竜野にはどうでもいいことだった。

「先生……」

弥生が竜野にしがみつく。

――長いような、短いような時間が、静かな、小さい部屋の中を過ぎて行った。

そして……気が付くと、二人は毛布の下で身を寄せ合っていた。

「――くたびれた」

と、弥生は息を弾ませながら言った。

「そうか？」

「でも、こんなに気持よくくたびれたのなんて、初めて」

弥生は、竜野の胸に熱い頬を当てた。

「生きていて良かった」

と、竜野は言った。「お前のお母さんに会ったときもそう思ったが、今もそう思ったよ」

「嬉《うれ》しい」

弥生は照れながら、「でも……」

「何だ？」

「やっぱり、私も償いしてるんだ」

「どうして？」

「だって——私があんなことを言わなきゃ、先生と奥さん、ホテルに泊ることもなかったでしょ。そしたら、奥さんが殺されることもなかった」

竜野は、ふっと夢からさめた思いで、

「——そうだな」

「ね、だから——」

「いや、そうじゃなくて……。今、思ったんだ。信代を殺した奴は、どうして俺たちがあそこにいることを知ってたんだろう？」

「偶然だものね」

「泊ることにしたのは、もちろん成り行きだ。そして——あそこで食事したのも、会ってから決めたんだ。S駅の西口で待ち合せようと言って」

「じゃ、どうして分ったのかな」

竜野は、じっと天井を見つめていた。

「先生、どうしたの？」

「俺は――学校から、信代へ電話したんだ」

と、竜野は言った。「それを聞いてた人間が、S駅からずっと俺と信代を見張っていた
……」

「それしか考えられないね」

「学校で……電話したんだ」

竜野はくり返して言った。


萩野啓子は、机の上を眺め渡した。

「――もういいわ」

と、自分へ言い聞かせるように呟《つぶや》いた。

立ち上ろうとして、ふと気付くと、あの三毛猫がいつの間にか床に座っているのだった。

「いつの間に入ったの？」

と、啓子は目を丸くした。「ホームズ、だったわね」

三毛猫は黙って目をつぶった。――肯《うなず》く、ということらしい。

啓子はちょっと笑って、

「愉快な猫ね」

と言った。「――一人よりいいわ。そこで見届けてくれるわけね」

ホームズは、ただじっと座っている。

啓子は、引出しの一つ、鍵《かぎ》のかかっている段を、小さな鍵で開け、引き出した。

「さあ……。片付けはすんだし」

と、啓子は中から拳銃《けんじゅう》を取り出した。「これで、全部かたがつくわ」

チラッと後ろの壁を振り返って、

「壁が汚れても、仕方ないわね。少しは許してもらいましょ」

啓子は、大きく息をつくと、銃口をこめかみに当てた。

ふと、猫と目が合う。

猫は、少しも動かなかった。ただ、じっと啓子を見ていた。

「見ないで」

と、啓子は言った。「お願い。見ないでちょうだい」

猫に向って、何を言ってるの？

自分でもおかしいと思った。しかし、その三毛猫に見られていると思うと、どうしても引金が引けないのだ。

啓子は、汗をかいていた。

「――私は、自分でけりをつけるのよ。それのどこがいけないの？　竜野さんを愛してた……。あの人が信代さんを抱いているのが、許せなかった。愛していないはずなのに。信代さんだって――あの子のことを告げ口しておいて、何もなかったようにご主人と寝るなんて……」

啓子は、手が震えて、拳銃を取り落とすと、机に伏して泣き出した。

――ドアの開く気配に、ゆっくり顔を上げると、片山刑事が、落ちた拳銃を拾っていた。

「――刑事さん」

「竜野信代を殺したんですね」

啓子は肩を落として、

「はい」

と言った。「馬鹿なことをしました」

「寝ている所を起されても、相手があなたなら、信代さんは疑わずにドアを開けたでしょうからね」

と、片山は言った。

「ご主人は、電話をかけにロビーへ行っていました。きっと、棚原弥生へかけようとしていたんでしょう」

「萩野さん。死ぬ前に、話すことがあるでしょう」

「――え？」

「中学部長になって、弓削理事長の命令で何をしていたか」

「それは……」

と、啓子が口ごもると、晴美が入って来た。

「中村克士が、何もかもしゃべってくれましたよ」

と、晴美は言った。「今、入院しています」

「あの人が？」

「もう死んだ気でいて、『幽体離脱だ』なんて感動してますわ」

晴美は椅子に腰かけると、「弓削理事長の指示で、あなたは中学部長になった。そして、弓削を初めとして、政治家や、そのかげにいる大物に、中学生の女の子を紹介していた。

――そうですね」

「お金を借りていて……。言うなりにするしかなかったんです。もちろん、直接生徒に話をしたわけではなくて――」

「中村君のような人に、生徒の情報を流し、彼らが交渉する。あなたは、知らないふりをしていた」

「そうしなければ、気が狂ってしまうところです」

と、啓子は言った。

「その、大物と女の子を会わせる場所として選ばれたのが、倉田靖子の屋敷だった」

と、片山が言った。「弥生君を引き取れないわけだ」

「私は知りませんでした。ただ——可愛い子や、お金をほしがっている子は分りますから、その子の写真を渡し、どこへお稽古《けいこ》ごとに通っているかとか、教えただけです」

「教えただけ……」

「もちろん——やめたかった。ですから、あの話を聞いたとき、チャンスだと思ったんです」

「あの伊東清美たちの立ち聞きした話を知って、弓削に毒を盛っても、自分が疑われることはないと思ったんですね」

「ええ……。でも、すぐ分りました。その話は、私を殺せという弓削からの話だったんです」

「つまり、あなたがやめようとしていることを、弓削も知っていた」

「はい。よその中学生の子に、私を訪ねるように言ったんです。『受験の参考に』とでも言ってくれれば、必ず会いますから」

「それは分っていたから、うまく切り抜けたんですね」

「でも、いずれ殺さなければ殺される。それで、あの清川昌子を騙《だま》して、弓削に毒をのませたんです」

「でも――」

と、晴美が腹立たしげに、「どうして昌子が死ななきゃいけなかったんです？」

「申しわけないことをしました。あの人は、弓削が少女を可愛がる人だということをカモフラージュするための、形だけの愛人でした。でも、毒をのませたのは彼女でしたから、その責任を……」

「何も死ななくても！」

「ご家族が、弓削に世話になっていて、ああするしかなかったんでしょう」

と、啓子は首を振って、「私はそのおかげで命が助かったんです」

「そういうことで、捜査妨害をくり返してたんだな」

「でも、中村君なんかにやらせたのが間違いよ。どれもピントがずれてたわ。あんな現金を送って来たりして」

と、晴美は言った。「向うは、伊東清美を撃ったり、兄を殺そうとしたんですよ」

「弓削さんが死んで、後が混乱していたんでしょう。ともかく、秘密を知っている人間を消してしまおうとして」

「あなたも？」

「私にはまだ利用価値がある、と思ってくれたようです。私が辞めても、誰が部長になるか分りませんし」

「すると、おとなしくしていれば、何も分らずにすんだ」

「——ええ」

「でも、嫉妬《しっと》だけは、抑え切れなかったんですね」

と、晴美が言った。

「本当に……。でも、これで良かったんです。これ以上続けていたら——」

と言って、啓子は身震いした。

「じゃ、行きましょうか」

と、片山が促す。

啓子は立ち上ると、

「待って下さい」

と、隅の戸棚を開けた。

鏡に顔を映して、髪を少し直すと、

「お待たせしました」

と、頭を下げた。

廊下へ出ると、

「先生、さよなら！」

と、数人の生徒たちがすれ違っていく。

啓子は、

「さよなら」

と、返事をしたが、そのまま数歩行くと突然膝《ひざ》をつき、前のめりに倒れた。

「お兄さん！」

「何かのんだな！　救急車を呼ぶ！」

片山が駆け出して行く。

晴美は急いで傍にしゃがむと、啓子の手首を取った。

「——もう間に合わないわ」

晴美はホームズの方へ向いて、「知ってたの？」

ホームズは何も言わなかった。

生徒が何人か通りかかって、

「あ、部長先生だ！」

「どうしたの？」

と、寄ってくる。

「具合が悪いの。そっとしておいて」

と、晴美は言った。

「大丈夫かな……」

心配そうに振り返りながら、生徒たちが行ってしまうと、晴美は、

「今の言葉が聞こえたら良かったですね、先生」

と、言った。

エピローグ

「――気持いい」

と、弥生は言った。

「寒くないか」

「大丈夫」

竜野が、弥生の肩を抱いて、大きく息をつく。

川面《かわも》の風が涼しい。

そして、船は水を切るように、ゆっくり上下しながら進んでいた。

「この遊覧船、乗ってみたかったの」

と、弥生は言った。

「そうか」

まだ少し夕暮の気配が残っていて、辺りはぼんやりと明るい。

甲板はほとんど客がいないので、二人きりのようなものだった。

「先生」

と、弥生が顔を上げる。

二人の唇が触れ合った。

——とんでもないことをしてるんだ、俺は、と竜野は思った。

十五歳の中学生を恋人にしてしまった。

しかし、もう覚悟はできている気がした。——千草が呼んでいるのだ。

この子を抱いて、そして千草の所へ行く。それで俺は充分幸せだ……。

「もう着くよ」

と、川岸の方へ目をやって、「先生！　パトカー！」

と、弥生が言った。

船着場にパトカーが待っているのが見えたのである。

竜野はびっくりしなかった。

「俺たちの取り合せは目立つんだ。大方、誰かが通報したのさ」

と、竜野は弥生の肩を叩《たた》いた。

「先生——」

「お前は先に降りろ。俺の捕まるところを見せたくない」

「嘘。死ぬつもりでしょ！」

弥生の口調に、竜野は詰った。

「弥生──」

「私も死ぬ。──一緒だよ、ずっと」

弥生の手が竜野の腕をつかむ。

「しかし……」

「いいの。構わない」

本当なら、二人とも死ぬ必要はない。しかし、竜野も弥生も、逃げて死ぬのではなかった。

今の幸せな状態のまま、止っていたかったのだ。

「おいで」

竜野が弥生を連れて、船尾へと急ぐ。

川岸で、片山が二人の動きに気付いた。

「おい待て！」

と、片山が叫ぶ。「犯人は捕まったぞ！」

エンジンの音が、片山の声をかき消した。

甲板の一番後ろから、竜野と弥生は手をつないだまま、川へ向って、ためらうことなく飛んだ。

水しぶきが上る。

「おい！」

片山があわてて岸へ駆け寄る。

すると、ホームズが片山のわきをすり抜けて、何と川面へ身を躍らせたのだ。

「ホームズ！」

晴美がびっくりして、叫んだ。「お兄さん！　早くホームズを助けて！」

「待て！」

片山が、飛び込もうとした石津を止める。

水面に竜野の頭が出た。ホームズを抱えている。

「先生！」

弥生が竜野を追って泳いで来た。

「お前一人で泳ぎつけるか？」

「うん！」

二人は岸へ向って泳いで来た。

晴美は胸をなで下ろし、

「とんでもないことをしてくれるわ、全く！」

と言った。

――毛布にくるまれたホームズが、

「クシュン」

と、クシャミをした。

「風邪ひかさないで！」

と、晴美が石津に命令（？）した。

「はい！」

石津が必死でホームズの体をこすった。ホームズは揺さぶられて目を回しそうになっていた……。

「——殺してもいないのに、飛び込むことはないでしょう」

と、片山は渋い顔で言った。

「申しわけない」

と、竜野が目を伏せる。

「ごめんなさい」

弥生も、むろんびしょ濡《ぬ》れで毛布にくるまっている。「でも、まだ十五だし、私」

「それがどうしたんだ？」

「先生と結婚するのに、三年も待たなきゃいけないなんて！　我慢してるより、死んじゃった方がいいもん」

片山は唖然《あぜん》として、

「竜野先生！　中学生ですよ、この子は！」

「はあ……」

「あら、人によって、十五だって大人だし、四十、五十だって子供だわ」

と、弥生は言い返した。

「しかしだね……」

「そうよ」

弥生は、竜野の腕をしっかり捕まえて、「十五歳だって、『四捨五入』すりゃ、二十歳だわ！」

竜野が呆《あき》れたように、

「四捨五入は、そんなときに使うんじゃない！」

と言って——二人一緒に笑い出した。

片山と晴美は苦笑して、このいささか変った「恋人たち」を眺めていた。

しかし、二人の笑い声はどことなく似ているように、片山には聞こえたのだった。

まだ事件は終ったわけではない。中村や倉田靖子の話から、政界や実業界に波紋は広がるだろう。そんな中ではむしろこの二人の姿は微笑ましいものだった。

——笑いが途切れると、

「ハクション！」

と、竜野が派手なクシャミをし、

「ハクション！」

「先生、大丈夫？　風邪ひく……」

弥生がそれに続いた。晴美はホームズの方を振り向いて、

「あんたも、付合ったら？」

と言った。

解説

山前　譲

推理、追跡、怪談、狂死曲、駈落《かけお》ち、恐怖館、運動会、騎士道、びっくり箱、クリスマス……脈絡のない単語の羅列ですが、怪しげな呪文《じゅもん》ではありません。残念ながら、宝の隠された場所を示す暗号でもありません。かといって、なんとなく思いついたものをアトランダムに並べたものでもありません。

もうお気づきでしょうが、三毛猫ホームズのシリーズのタイトルです。一九七八年刊の『三毛猫ホームズの推理』以下、基本的には「三毛猫ホームズの××」というタイトルになっています。それはもちろん、名探偵の大先達であるシャーロック・ホームズの短編集が、『シャーロック・ホームズの冒険』以下、思い出、帰還、最後の挨拶《あいさつ》、事件簿と題されていたのに倣ったからです（タイトルは新潮文庫版による）。

名探偵の名前を強くアピールし、そして内容を端的に示すこのパターンは、ミステリーのタイトルとしてはじつにインパクトがあります。ただ、いったんこのパターンにしてしまうと、あまりにもしっくりしているために、なかなか変えることができません。オリジナルが五百冊を超えた赤川作品のなかでも一番の人気で、しかも数あるシリーズのなかでも作品数も一番となれば、ストーリーを考えるよりも、タイトルを考えるのが大変ではないだろうかと、余計な心配をしてしまいます。

だからといって、タイトルに窮したからと、シリーズを終わらせてしまうわけにもいきません。読者が怒り出すでしょう。作者である赤川さんにはもっと頭をひねってもらうしかないのですが、数えて第三十二作、一九九七年十二月に刊行された本書は、題して『三毛猫ホームズの四捨五入』です。

これまで数々の名推理で読者を驚かせてきたホームズが、とうとう算数を教えてくれる!? いえ、さすがにあのホームズでもそれはできなかったようですが、最後の謎解きでは、数学的に（?）貴重な指摘をして、事件を解決に導いていきます。ひょっとしたら四捨五入も理解しているのではないかと思いたくなる、いつも以上に鋭い推理をみせる名探偵なのです。

事件の中心にあるのはN女子学園の中学部です。竜野が担任をしている中学三年のクラスに、編入生がありました。棚原弥生というその女生徒を見た瞬間、竜野はめまいを覚えて、思わずよろけてしまいます。二十年前の恋人に瓜二《うりふた》つだったからです。事情があって結婚できなかった――。

両親を亡くした弥生は、N女子学園の理事長である弓削のもとに居候し、学校に通うことになったといいます。弓削はかつて銀行の頭取で、確かに弥生の亡き父はその銀行の支店長をしていましたが、ただそれだけの縁にしては親切すぎるのでした。弥生自身、不思議がっています。

じつは、その弥生の父、棚原薫が亡くなったのは、ホームズの飼い主である片山義太郎とその妹の晴美の前でだったのです。例によって叔母《おば》の児島光枝の手配で見合いをした義太郎ですが、なんとその相手が棚原でした。勘違いは笑い話ですみましたが、見合い会場のホテルで狙撃《そげき》事件があり、棚原が死んでしまったのです。

いまだ犯人不明のその事件に胸を痛めている片山義太郎が、N女子学園へ赴くことになったのは、殺人計画があるらしいと、中学部長の萩野啓子から相談されたからでした。一方、片山晴美の高校時代の同級生である清川昌子が、事件関係者の愛人になっていたりと、まさに四捨五入してシンプルにしてほしいとつい思いたくなるほどの、複雑な人間関係が交錯するなかに、とうとう死が訪れるのでした。

学園を舞台にした事件となれば、三毛猫ホームズはもとより、片山兄妹も張り切らないわけにはいきません。初登場作の『三毛猫ホームズの推理』が、羽衣女子大学を舞台にした事件だったからです。その捜査に携わったのが片山義太郎で、文学部長が飼っていた三毛猫のホームズと知り合い、事件解決後、片山家の一員として迎えています。記念すべき出会いの場が学園だったのですから、大学と中学の違いこそあっても、ここは頑張らないといけません。

シリーズ第二十作の『三毛猫ホームズの犯罪学講座』では、自他共に認める女性恐怖症の片山義太郎が、なんと女子大生の前で特別講義をしています。上司である栗原警視のピンチヒッターでした。意外にも評判が良かったのですが、そこに死体が登場して講義どころではなくなります。

第二十二作の『三毛猫ホームズの傾向と対策』は、そのタイトルからしていやな思い出のよみがえってくる人もいるかもしれませんが、たしかに受験が絡んだ事件でした。片山家に居候した受験生の志望する大学関係者に、事件が続発しています。

学園を舞台にするとなれば、当然ながら事件関係者の多くは学生や教員です。「勉強」の場面が欠かせません。この『三毛猫ホームズの四捨五入』でも、思わぬことから片山晴美が先生のピンチヒッターを務めています。もっとも、ずいぶん脱線気味ですが。

勉強はちょっと……という読者は多いかもしれません。でも、四捨五入くらいなら、さほどいやな思い出はないでしょう。定義としては、「必要な位のひとつ下の位の数が四、三、二、一のときは切り捨て、五、六、七、八、九のときは切り上げること」ですが、そんな難しい定義をいちいち思い浮かべる人はいないはずです。複雑な計算をする必要もまったくありません。

もっとも、今は四年生で学ぶらしいこの四捨五入、概数ということをまだよく理解していない小学生は最初、けっこう戸惑うようです。だいたいなぜ四捨五入なのか。五捨六入ではいけない？ いや、六捨七入なら？ 古くは唐の時代から使われていたという四捨五入を、小学生に分かりやすく説明するのは難しいようです。

いや、厳密な四捨五入の説明は、本当は大人でも難しいかもしれません。だいたい、四捨五入による概数を当然のように、そして正確なように思っていますが、多数足し合わせるような場合には、もっと望ましい丸め方があるのです。それは「算数」ではなく、「数学」のレベルになってしまいますが、一見単純な四捨五入も、なかなか奥深いものがあります。

ある規則に従って端数を丸めることは、消費税が導入されて一円以下が意識されるようになった今でも、実生活ではあまり頻繁に行うことではないでしょう。しかし、見えないところでは重要な意味を持っています。

たとえば銀行の利息です。その多くは計算すると、一円以下の端数が出るはずです。しかし、貨幣の単位に一円以下はありません。端数を切り捨てれば銀行側に、切り上げれば預金者に圧倒的に有利です。なるべく平等に丸めなければならないのですが、じつは四捨五入では銀行側に不利な計算となるのです。

算数や数学の世界だけでなく、人間が実生活で数字を使っているかぎり、こうした端数の問題は必ず出てくるでしょう。そして、意識するとしないとにかかわらず、必要によってその端数は、それぞれの規則によって処理されています。

　この『三毛猫ホームズの四捨五入』の冒頭にも、テストの結果が四捨五入されたことで、成績がBではなくCになってしまった、可哀相な女子中学生が登場しています。たった一点の差なのに——不満を持つのも当然かもしれません。後々、その一点が大きな意味を持つこともありえるでしょう。でも、どこかでラインを引かなければならないとなれば、四捨五入してしまうのもいたしかたありません。

　ただ、その端数を処理する人間自身に、端数は絶対ないのです。たとえば、二〇〇五年の国勢調査の結果によると、日本の人口は一億二千七百七十六万七千九百九十四人となっています。この数値を正確に覚えるのはちょっと（かなり？）難しいですから、現在の日本の人口は約一億二千七百七十七万人とか、もっと単純に一億三千万人とか、概数にしてしまうのが普通でしょう。

　しかし、そのとき丸められた端数の人口が、日本から消えてしまったわけではないのは明らかです。ひとりひとりの人間は、けっして四捨五入される存在ではありません。ましてや、さまざまな方向に張り巡らされている我々の人間関係を、四捨五入することなどできないのです。

　『三毛猫ホームズの四捨五入』の推理のキーポイントは、まさにその四捨五入などできない人間関係にあります。数値では表せない人間の感情に、一連の事件の動機が潜んでいるのです。はたして真犯人は？　実生活では四捨五入とはまったく縁のないはずのホームズが、四捨五入に惑わされることなく、その真相に迫っていきます。

二〇〇九年五月

本書は二〇〇一年二月に光文社文庫から刊行されました。

三毛猫《みけねこ》ホームズの四捨五入《ししゃごにゅう》

赤川次郎《あかがわじろう》

角川文庫 15746

平成二十一年六月二十五日　初版発行

発行者—井上伸一郎
発行所—株式会社角川書店
東京都千代田区富士見二—十三—三
電話・編集（〇三）三二三八—八五五五
〒一〇二—八〇七八

発売元—株式会社角川グループパブリッシング
東京都千代田区富士見二—十三—三
電話・営業（〇三）三二三八—八五二一
〒一〇二—八一七七
http://www.kadokawa.co.jp

印刷所—旭印刷　製本所—BBC
装幀者—杉浦康平

本書の無断複写・複製・転載を禁じます。
落丁・乱丁本は角川グループ受注センター読者係にお送りください。送料は小社負担でお取り替えいたします。

定価はカバーに明記してあります。

©Jiro AKAGAWA 1997, 2001　Printed in Japan

あ 6-232　ISBN978-4-04-387011-0　C0193

角川文庫発刊に際して

角川源義

第二次世界大戦の敗北は、軍事力の敗北であった以上に、私たちの若い文化力の敗退であった。私たちの文化が戦争に対して如何に無力であり、単なるあだ花に過ぎなかったかを、私たちは身を以て体験し痛感した。西洋近代文化の摂取にとって、明治以後八十年の歳月は決して短かすぎたとは言えない。にもかかわらず、近代文化の伝統を確立し、自由な批判と柔軟な良識に富む文化層として自らを形成することに私たちは失敗して来た。そしてこれは、各層への文化の普及滲透を任務とする出版人の責任でもあった。

一九四五年以来、私たちは再び振出しに戻り、第一歩から踏み出すことを余儀なくされた。これは大きな不幸ではあるが、反面、これまでの混沌・未熟・歪曲の中にあった我が国の文化に秩序と確たる基礎を齎らすためには絶好の機会でもある。角川書店は、このような祖国の文化的危機にあたり、微力をも顧みず再建の礎石たるべき抱負と決意とをもって出発したが、ここに創立以来の念願を果すべく角川文庫を発刊する。これまで刊行されたあらゆる全集叢書文庫類の長所と短所とを検討し、古今東西の不朽の典籍を、良心的編集のもとに、廉価に、そして書架にふさわしい美本として、多くのひとびとに提供しようとする。しかし私たちは徒らに百科全書的な知識のジレッタントを作ることを目的とせず、あくまで祖国の文化に秩序と再建への道を示し、この文庫を角川書店の栄ある事業として、今後永久に継続発展せしめ、学芸と教養との殿堂として大成せんことを期したい。多くの読書子の愛情ある忠言と支持とによって、この希望と抱負とを完遂せしめられんことを願う。

一九四九年五月三日

角川文庫ベストセラー

三毛猫ホームズの推理　赤川次郎
女性恐怖症の刑事・片山義太郎と妹の晴美、そして三毛猫ホームズが初登場。国民的人気のミステリー「三毛猫シリーズ」、記念すべき第一作！

三毛猫ホームズの黄昏ホテル　赤川次郎
豪華なリゾートホテル〈ホテル金倉〉が閉館することになり、閉館前の最後の一週間、なじみの客が招かれた。そこで起こった事件とは？

三毛猫ホームズの世紀末　赤川次郎
TV番組の収録に参加したのをきっかけに、人気の天才詩人・白鳥聖人と恋におちた女子大生・雪子。彼女は、なんと石津刑事の従妹だった!?

三毛猫ホームズの正誤表　赤川次郎
晴美の友人の新人女優・恵利が、遂に主役の座を射止めた。だが、恵利は稽古に向かう途中で襲われて……。三毛猫ホームズが役者としても大活躍。

三毛猫ホームズの好敵手《ライバル》　赤川次郎
幼い頃からライバル同士だった康男と茂。彼らの運命を大きく分けた出来事とは？　三毛猫ホームズにも灰色・縞模様のライバル猫が出現！

三毛猫ホームズの失楽園　赤川次郎
美術品を専門に狙う、怪盗チェシャ猫が現れた。その大胆不敵な犯行はたちまち話題に……。三毛猫ホームズと怪盗チェシャ猫が対決する！

三毛猫ホームズの無人島　赤川次郎
炭鉱の閉山によって無人島となった〈軍艦島〉。十年ぶりに島に集まった住人たちを待っていたのは？　過去の秘密を三毛猫ホームズが明かす。

角川文庫ベストセラー

死者の学園祭　赤川次郎

立入禁止の教室を探検する三人の女子高生。彼女たちは背後の視線に気づかない。そして、一人一人、この世から消えていく……。傑作学園ミステリー。

人形たちの椅子　赤川次郎

工場閉鎖に抗議していた組合員の姿が消えた。疑問を持った平凡なOLが、仕事と恋に揺れながらも、会社という組織に挑む痛快ミステリー。

素直な狂気　赤川次郎

借りた電車賃を返そうとする若者。それを受け取ると自らの犯行アリバイが崩れてしまう……。日常に潜むミステリーを描いた傑作、全六編。

輪舞《ロンド》―恋と死のゲーム―　赤川次郎

様々な喜びと哀しみを秘めた人間たちの、出逢いやすれ違いから生まれる愛と恋の輪舞《ロンド》。オムニバス形式でつづるラヴ・ミステリー。

眠りを殺した少女　赤川次郎

正当防衛で人を殺してしまった女子高生。誰にも言えず苦しむ彼女のまわりに奇怪な出来事が続発、事件は思わぬ方向へとまわりはじめる……。

闇に消えた花嫁　赤川次郎

悲劇的な結婚式から、事件は始まった……。女子大生・亜由美と愛犬ドン・ファンの活躍で、明らかになる意外な結末は果たして……!?

やさしい季節(上)(下)　赤川次郎

トップアイドルへの道を進むゆかりと、実力派の役者を目指す邦子。タイプの違う二人だが、昔からの親友同士だった。芸能界を舞台に描く青春小説。

角川文庫ベストセラー

禁じられた過去　赤川次郎

経営コンサルタント・山上の前にかつての恋人・美沙が現れた。「私の恋人を助けて」。美沙のため奔走する山上に、次々事件が襲いかかる！

MとN探偵局
夜に向って撃て　赤川次郎

女子高生・間近紀子（M）は、硝煙の匂い漂うOLに出会う。一方、「ギャングの親分」野田（N）の愛人が狙われて……。MNコンビ危機一髪!!

おとなりも名探偵　赤川次郎

〈三毛猫ホームズ〉、〈天使と悪魔〉、〈三姉妹探偵団〉、〈幽霊〉、〈マザコン刑事〉。あのシリーズの名探偵達が一冊に大集合！

キャンパスは深夜営業　赤川次郎

女子大生、知香には恋人も知らない秘密が。そう、彼女は「大泥棒の親分」なのだ！ そんな知香が学部長選挙をめぐる殺人事件に巻きこまれ……。

冒険配達ノート
ふまじめな天使　赤川次郎　絵：永田智子

いそがしくて足元ばかり見ている人たち。うつむいている君。上を向いて歩いてごらん！ いつまでも夢を失わない人へ……愛と冒険の物語。

屋根裏の少女　赤川次郎

中古の一軒家に引っ越した木崎家。だが、そこには先客がいた。夜ごと聞こえるピアノの音。あれは誰？ ファンタジック・サスペンスの傑作長編。

十字路　赤川次郎

恋人もなく、仕事に生きる里加はある日見知らぬ男と一夜を共にすることに。偶然の出逢いが過去を甦らせるサスペンスミステリー。

角川文庫ベストセラー

怪談人恋坂
赤川次郎

謎の死で姉を亡くした郁子のまわりで次々と起こる殺人事件。生者と死者の哀しみがこだまする人恋坂を舞台に繰り広げられる現代怪奇譚の傑作！

変りものの季節
赤川次郎

変り者の新入社員三人を抱えた先輩OL亜矢子は、取引先の松木の殺人事件に巻き込まれる。事件は謎の方向へと動きだし、亜矢子は三人と奔走する。

セーラー服と機関銃
赤川次郎ベストセレクション①
赤川次郎

星泉、17歳の高校二年生。父の死をきっかけに、弱小ヤクザ・目高組の組長を襲名することになってしまった！　永遠のベストセラー作品！

セーラー服と機関銃・その後 ——卒業——
赤川次郎ベストセレクション②
赤川次郎

18歳、高校三年生になった星泉。卒業を目前にして平穏な生活を送りたいと願っているのに周囲がそれを許してくれない。泉は再び立ち上がる!?

悪妻に捧げるレクイエム
赤川次郎ベストセレクション③
赤川次郎

ひとつのペンネームで小説を共同執筆する四人の男たち。彼らが選んだ新作のテーマは「妻を殺す方法」だった——。新感覚ミステリーの傑作。

晴れ、ときどき殺人
赤川次郎ベストセレクション④
赤川次郎

私は嘘の証言をして無実の人を死に追いやった——北里財閥の当主浪子は19歳の一人娘加奈子に衝撃的な手紙を残し急死。恐怖の殺人劇の幕開き！

プロメテウスの乙女
赤川次郎ベストセレクション⑤
赤川次郎

急速に軍国主義化する日本。そこには少女だけで構成される武装組織『プロメテウスの処女』があった。赤川次郎の傑作近未来サスペンス！

角川文庫ベストセラー

赤川次郎ベストセレクション⑥
探偵物語　赤川次郎
探偵事務所に勤める辻山、43歳。女子大生直美の監視と「おもり」が命じられた。密かに後をつけるが、あっという間に尾行はばれて……。

赤川次郎ベストセレクション⑦
殺人よ、こんにちは　赤川次郎
今日、パパが死んだ。昨日かもしれないけど、私には分らない。でも私は知っている。本当は、ママがパパを殺したんだっていうことを……。

赤川次郎ベストセレクション⑧
殺人よ、さようなら　赤川次郎
あれから三年、ユキがあの海辺に帰ってきた。ところが新たな殺人事件が——目の前で少女が殺され、奇怪なメッセージが次々と届き始めた！

赤川次郎ベストセレクション⑨
哀愁時代　赤川次郎
楽しい大学生活を過ごしていた純江。ある出来事から彼女の運命は暗転していく。若い女性に訪れた、悲しい恋の顛末を描くラブ・サスペンス。

赤川次郎ベストセレクション⑩
血とバラ　懐しの名画ミステリー　赤川次郎
紳二は心配でならなかった。婚約者の素子の様子がヨーロッパから帰って以来どうもおかしい——。趣向に満ちた傑作ミステリー五編収録！

鄙《ひな》の記憶　内田康夫
静岡の寸又峡で「面白い人にあった」という言葉を遺し、テレビ局の記者が死亡。事件を追う新聞記者も失踪した。事件に隠れた恩讐を浅見が暴く。

氷雪の殺人　内田康夫
北海道沖縄開発庁長官からある男の死の調査を依頼された浅見。男が遺した「プロメテウスの火矢は氷雪を溶かさない」という謎の言葉の意味は？

角川文庫ベストセラー

イタリア幻想曲 貴賓室の怪人II　内田康夫
豪華客船・飛鳥で秘密裏の調査をしていた浅見光彦が受け取った謎の手紙。トリノの聖骸布、ダ・ヴィンチが遺した最大の禁忌に浅見光彦が挑む！

秋田殺人事件　内田康夫
第三セクターによる欠陥住宅問題に揺れる秋田県。副知事に就任する世津子に警告文が届き……。彼女の私設秘書《ボディガード》を務める浅見が、政治の闇を暴く。

終列車　森村誠一
終列車は行きずりの四人の男女を乗せて、新宿駅を出発した……。二組の男女の周囲を次々と襲う殺人。意外な接点。冴え渡るサスペンス長編。

終着駅　森村誠一
野心を抱き、終着駅新宿に降り立った見知らぬ男女。二年後、浅川が高層ホテルで殴殺され、そして次なる犯罪が……。著者の記念碑的作品。

新装版 人間の証明　森村誠一
ホテルのエレベーターで、一人の黒人が死亡した。手がかりは、西条八十の詩集。時間と距離を隔て、浮かび上がる意外な容疑者。森村誠一の代表作！

新装版 野性の証明　森村誠一
山村で起きた大量殺人事件。唯一の生存者はショックで記憶をなくした少女。やがて意外なところから事件の糸口が。人間の心奥に迫る傑作長編！

新装版 青春の証明　森村誠一
公園で男女が襲われ、助けに入った警官は殺された。二人は助かるが、女は「卑怯者！」の言葉を残して去る。罪を償うため、男は刑事に転職するが…。